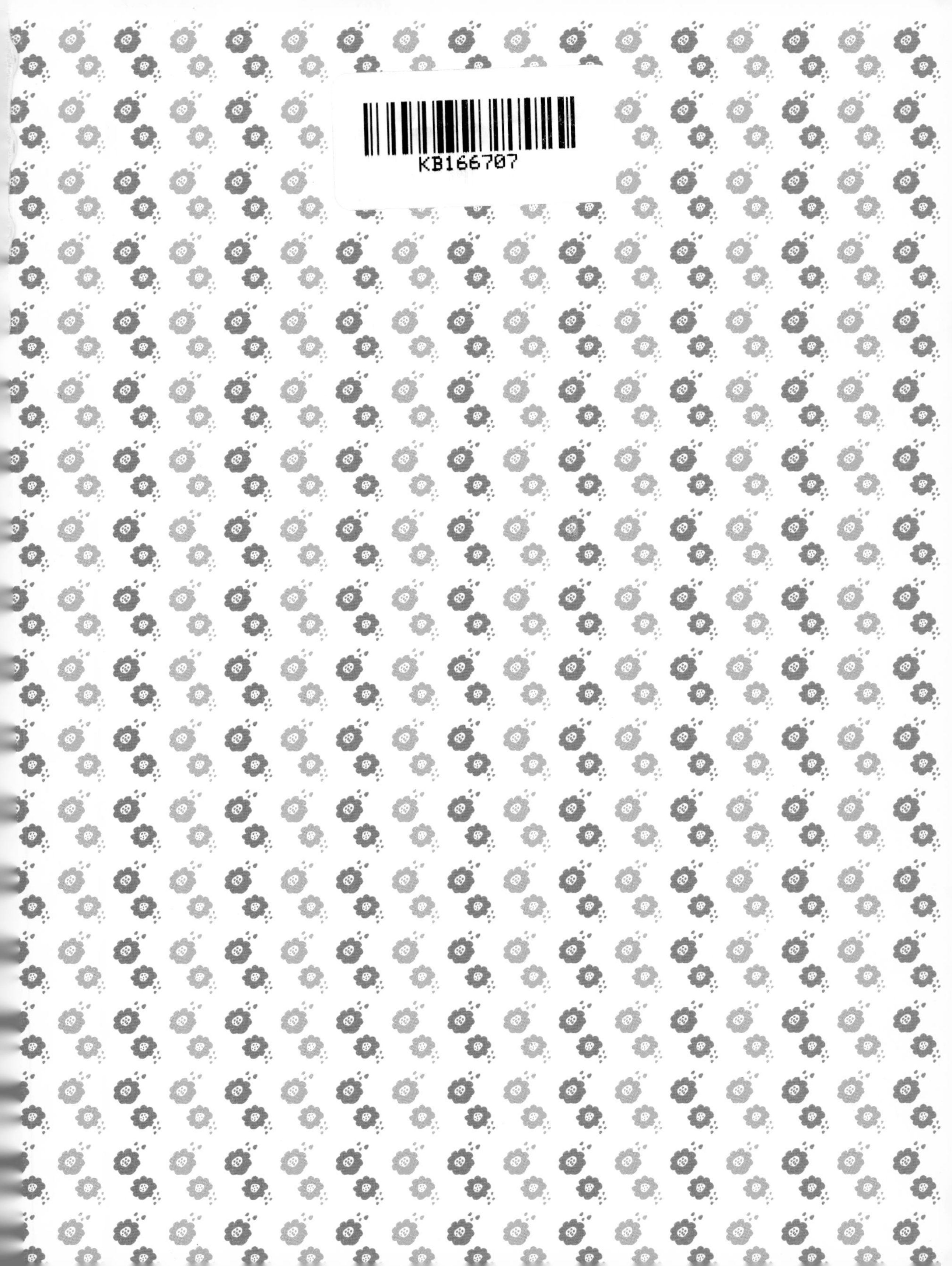

가족꽃이 피었습니다

Father Mother I Love You

입양 가족 지음

차례

체온이 느껴지고 미소가 번지는 아름다운 사진.
바로 가족사진이 아닐까 합니다. 매년 입양 가족의 사진을
받아 볼 때마다 마음이 따듯해집니다. 들여다볼수록
가족의 탄생과 성장을 보여 주는 한 컷 한 컷이 어찌나 귀하고 아름다운지,
사진 한 장으로 들려주는 이야기가 끝이 없습니다.
사진마다 속 깊은 정이 흐르고 까르르 웃음소리가 들려옵니다.
누가 가슴으로 낳은 아이인지 모르게 서로 닮아 있는 모습이 참 아름답습니다.
특히 아이와 부모, 형제자매 간에 행복을 나누는 교감의 눈빛이 사랑스럽습니다.
어쩌다 찍힌 그럴듯한 사진이 아니라,
늘 그런 모습이기에 자연스럽게 사진에도 그 사랑이 담겨 있는 듯합니다.
입양 가족들의 사진을 보며 다시 한 번 가족의 소중함과 사랑의 고귀함을 느낍니다.
사랑으로 보듬으면 시들시들하던 식물도 싹을 틔우듯이,
어린 영혼에 생기가 불어넣어져 밝아진 얼굴이 보입니다.
세상 모든 아이들이 가족의 품 안에서 이렇듯 밝은 얼굴로 자라날 수 있다면
더 바랄 것이 없겠지요?

–사진작가 조세현

우리 모두에게 가정의 소중함과 사랑이 더욱 절실한 이때,
이 책을 통해 봄 햇살처럼 눈부신 아이들의 미소를 보았습니다.
사진 하나하나가 눈물이 날 만큼 사랑스럽고 예뻤습니다.
사랑으로 맺어진 가족의 일상을 담은 사진들을 보면서
행복은 멀리 있는 것이 아니라 가족의 일상 속에 존재한다는 것을 느꼈습니다.
한 가족 한 가족 참으로 소중하고 아름다운 모습입니다.
'사랑하면 닮는다'는 말의 가장 확실한 증거가 이들 가족이 아닐까 싶습니다.
모진 겨울을 이겨 낸 아름다운 봄꽃들이
저마다 꽃망울을 터뜨리며 사랑을 노래하는 싱그러운 이 계절,
이 책에 담긴 꽃들만큼이나 아름다운 사랑 이야기는
우리의 마음을 훈훈하게 적시기에 충분합니다.
여러분도 사랑의 기적을 맛보시길 권합니다.
우리 아이들을 사랑으로 바라봐 주십시오.
이 아이들의 행복은 가족이라는 정원에서 무럭무럭 자라고 있습니다.
그 모습을 지켜보는 것만으로도 참 행복합니다.
입양은 행복을 낳는 아름다운 선택입니다.

–홀트아동복지회 회장 김대열

부모가 되는 법을 조금씩 배워 갑니다

입양이 행복인 건 여섯 살짜리 아이도 알아요

프랑스 할머니

어릴 적 형과 함께 프랑스로 입양되었던 아빠 줄리앙은 사랑 많은 할아버지 할머니 밑에서 몸과 마음이 건강한 청년으로 성장했습니다. 모국에 대한 관심으로 한국에 자원봉사를 하러 왔다가 엄마를 만나 결혼했답니다. 하나에서 둘이 되어 행복했는데, 루이를 만나 셋이 되면서 진정한 행복을 알게 되었지요. 지금은 루이와 이렇게 웃고 있지만, 루이를 만나기까지 얼마나 힘들었는지… 하지만 그래서 더 감사한 것 같습니다.

멀리 프랑스에서 할머니가 루이를 보러 한국에 오셔서 한 달 동안 머물다 가셨습니다. 말도 안 통하고, 문화도 많이 달라 답답하셨을 텐데, 프랑스로 돌아가시기 전에 이렇게 말씀을 하셨습니다.

"아들 둘을 선물로 받은 한국이라는 나라에서 이렇게 예쁜 손자까지 만나게 되다니… 정말 감사하다."

세갱 루이 가족

아빠 세갱 줄리앙Seguin Julien은 다섯 살 무렵 친형과 프랑스로 입양되었습니다. 한국에서 반쪽을 만나고 2012년 4월 3일 생후 50일 된 루이Louis를 만나 한 가족이 되었습니다.

기쁘지 아니한가?

저희 가정은 요즘 흔하디흔한 핵가족의 전형이었습니다. 아들 하나에 물적 양적으로 올인하는 그런 가정이었지요. 그러던 어느 날, 아이에게 좀 이른 사춘기가 찾아왔습니다. 그렇게 순종적이던 아이가 말수도 적어지고 짜증에 반항까지… 어려서부터 신앙으로 자라 온 아이라 잘 견뎌낼 거라는 믿음이 있었지만, 돌아보게 되었습니다. 뭔가 불완전한 분위기의 우리 가정….

그때 연애 시절 독신주의였던 아내가 이야기했던 '입양'을 떠올렸습니다. 무작정 입양기관에 방문하고 서류를 준비하다 양가 부모님의 반대로 포기 아닌 포기 상태에 접어들었습니다. 아직 아이를 낳을 수 있는데 왜 입양을 하느냐, 있는 아이나 잘 키우라고 하셨죠. 그때부터 더욱 고민하고 아내와 깊이 이야기 나누며 기도했습니다. 2년 후, 더 늦으면 안 되겠다는 생각에 양가 부모님을 설득했습니다.

"죄에 빠져 있던 우린 하나님께 입양되었습니다. 서로 다른 환경의 남자와 여자가 사랑으로 가정을 이루는 것같이 입양한 아이와 사랑을 나눈다면 가족이 되는 것이고, 아이가 우리 가정에서 사랑을 배우고 나눌 수 있는 사람으로 성장한다면… 그 또한 우리 가정을 세우는 귀한 일이 아닌가요?"

양가 부모님의 허락이 떨어졌고, 몇 번의 상담과 교육을 통해 더욱 책임감을 갖게 되었습니다. 왜 우리 가정에 입양이 꼭 필요한 일인지 깨닫게 하

오다니엘·요셉 가족

중학생 큰아들 찬영, 2012년 1월 입양한 둘째 다니엘, 2013년 2월 입양한 막내 요셉. 엄마만 빼고 다 남자라 시끌벅적하지만 유쾌한 우리 가족입니다.

는 시간이었죠. 처음엔 신청서에 딸을 원한다고 써 넣었지만 상담을 통해 남자아이로 입양하게 되고, 선을 보고 선택해야겠다는 마음도 기관에서 처음 주선한 아이로 조건 없이 입양하겠다고 바뀌게 하시고, 그래도 혈액형은 맞춰야 한다는 결심도 꺾게 하시고… 모든 단계마다 우리의 계획이 아니라 어떤 이끄심으로 오다니엘을 우리 가정에 보내 주셨습니다. 배 속에 있는 아이의 얼굴이나 체형을 선택할 수 없듯이 입양할 때도 부모의 구미에 맞게 선택할 수 없음을 알게 하시고 겸손케 만드셨죠.
입양은 저희 부부는 물론 큰아이에게도 많은 변화를 주었습니다. 다니엘을 통해 큰아이의 마음이 열렸어요. 동생을 누구보다 사랑하는 형이 되었습니다. 학원에 가서도 동생 봐줘야 하니 빨리 끝내 달라고 하고, 각종 심부름을 도맡아 하고, 다니엘이 울면 왜 울리냐고 아빠 엄마에게 핀잔까지 주고요. 다니엘은 꼭 내가 낳은 아이 같다는 아내, 손주가 여럿 있지만 다니엘처럼 눈에 아른거리는 손자는 처음이라는 양가 부모님… 다니엘은 우리 가정에 찾아온 축복이었습니다.

다니엘이 우리 가정에 온 지 딱 1년 되었을 때, 우리 부부에게 다시 고민이 생겼습니다. 아내가 불현듯 '다니엘 동생을 입양하면 안 될까?' 하고 슬쩍 물어보더라고요. 전 단호히 안 된다고, 셋은 감당하기도 힘들고 부모님께도 말씀드릴 수 없다고 반대했지요. 아내는 큰아이가 다니엘하고 터울이 커서 결국 어느 시기부터는 혼자 자랄 생각을 하니 너무 짠하다고, 동생을 만들어 주면 서로 의지하고 어려움도 나누며 극복할 수 있지 않겠냐고 했습니다.

그러던 어느 날 찬영이가 "엄마, 아빠! 다니엘 동생 데려오면 안 돼요?" 하는 것 아닙니까. 엄마랑 입을 맞춘 것도 아닐 텐데 그동안 너무 제 입장에서만 생각했나 싶었습니다. 다시 우리 부부는 고민하기 시작했습니다. 남자아이, 여자아이? 터울은? …

입양법이 바뀌는 바람에 더 복잡하고 어려웠지만 셋째를 가슴으로 낳기 위한 산고의 고통으로 생각하며 준비한 끝에 2013년 2월 요셉이가 우리 셋째 아들이 되었습니다.

양가 부모님 설득은 자연스레 제 몫이 되었지만, "양가 모두 자녀 셋을 키우셨으니 그 뜻을 이어 저희도 삼형제를 키우겠습니다" 하니 두 손 두 발 다 드셨어요.

요셉이가 처음 우리 집에 왔을 때, 아내에게 "이제는 끝이다. 알았지?" 하니 아내는 "모르지!" 하고 미묘한 대답을 하더군요. 앞으로 우리 가정이 또 어떻게 가꾸어질까요?

저희 부부는 부족하고 연약한 인간이지만, 사랑으로 보듬어 주고 인내로 지켜봐 주면서 아이들이 맘껏 날아오를 수 있도록 늘 격려할 겁니다.

3개월 만의 이별, 1년의 기쁨

이벤자민 가족

저는 아빠 이정훈이고, 제 아내이자 벤자민 엄마인 제시카 헴브리는 미국인입니다. 결혼 11년차인 2011년 12월 21일, 백일이 갓 지난 벤자민을 입양해 세 가족이 행복하게 살고 있습니다.

아내가 한국에 오던 해 아내는 저와 연애를 시작했고 2001년 우리는 결혼했습니다. 어려서부터 아이 양육에 대한 두려움 때문에 아이 갖기를 두려워했지만, 갈수록 아이와 동물에 대한 사랑이 커진 아내는 마침내 입양을 결정하게 되었답니다.

정부기관에서는 입양하는 데 법적인 문제가 없다고 했으나 찾아간 기관마다 외국인에게는 주선한 경험이 없어 어렵다고 했습니다. 실망과 불안감을 안고 찾아간 홀트 인천사무소… 우리 부부를 반갑게 맞아 준 것은 물론, 다른 부부에 비해 번거로운 절차도 마다하지 않고 처리해 주어 마침내 우리 아들 벤자민을 만났습니다. 막상 잘해 낼 수 있을지 두려움도 컸고 소중한 식구인 강아지와의 관계도 걱정이었지만, 잘 웃고 투정 없이 밝고 건강한 아들 덕분에 우리 집에는 늘 웃음이 끊이지 않습니다.

LEONARDO DA VINCI

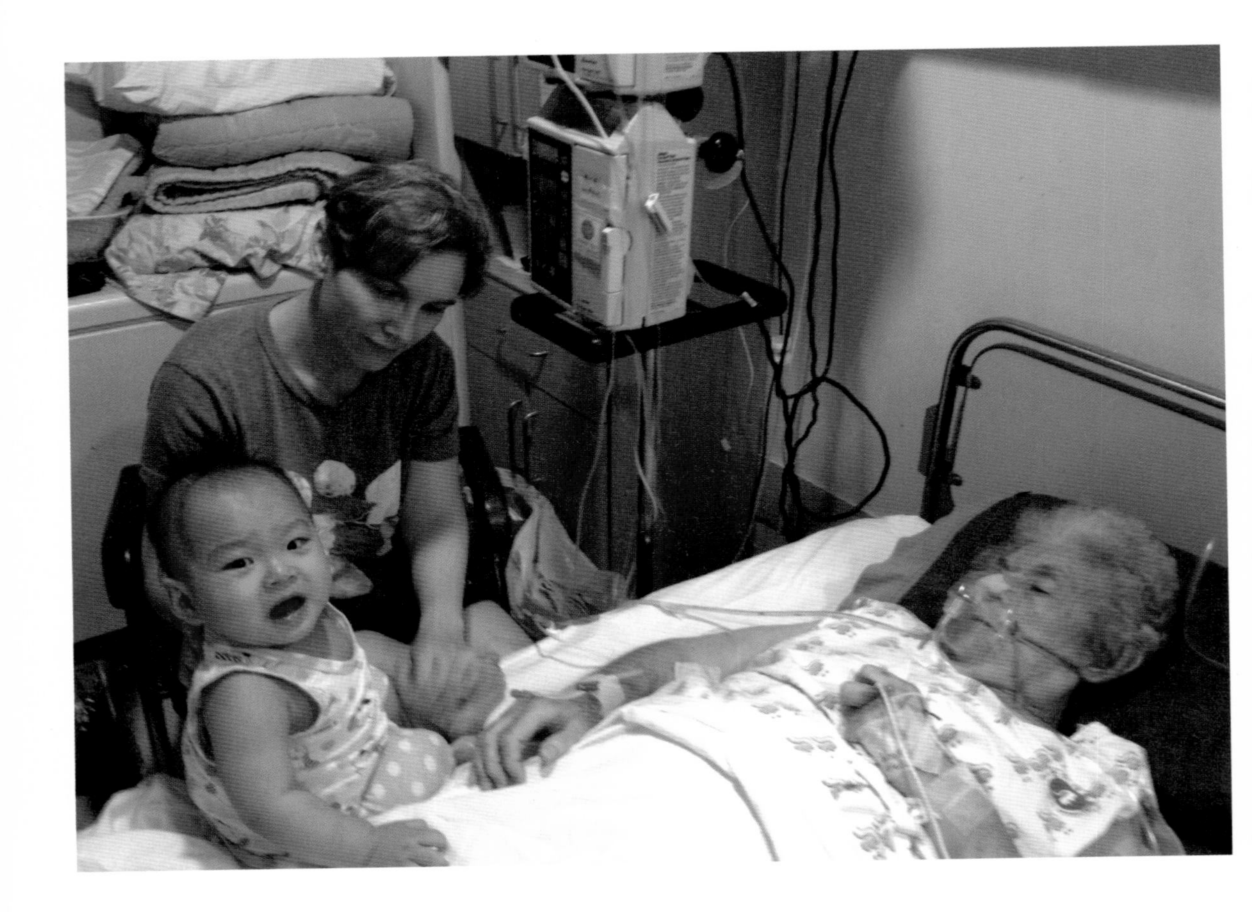

벤자민의 첫돌을 3개월 앞두고 아내의 외할머니께서 89세라는 고령의 나이와 가족들의 걱정에도 아랑곳없이 멀리 미국에서 오셨습니다. 증손자를 품에 안고 기뻐하시던 행복도 잠시, 문턱에 걸려 넘어지시는 바람에 골반 뼈가 골절되어 대학병원에 입원하신 할머님은 이런저런 합병증으로 3개월을 병원에서 지내시다 벤자민의 돌잔치를 일주일 앞두고서야 가까스로 퇴원하셨습니다. 돌잔치 하루 전날, 돌잔치를 위해 가족들과 다 함께 지방으로 가는 차에 오르신 할머님은 평온히 잠든 모습 그대로 생의 마지막을 맞이하셨습니다. 3개월이라는 짧은 시간 끝에 맞이한 아쉬운 이별과 1년이라는 기쁨으로 맞이한 새로운 시작이 공존했던 그날… 그래서 더욱더 소중하고 특별할 수밖에 없는 우리 벤자민입니다.

병원에서 힘든 나날을 보내시던 할머님은 사진에서처럼 벤자민이 방문하면 아픈 내색 않으시고 아이에게서 한시도 눈을 떼지 못하셨답니다.

보화와 하비는 우리 가정의 기쁨

처음엔 그저 아이들이 예쁘고 사랑스러워 입양을 하게 됐다. 셋째 보화가 오면서 가정에 웃음과 기쁨이 넘쳤다. 밝게 자라 주는 보화 덕에 행복했다. 보화가 자랄수록 서로 의지하면 얼마나 좋을까 싶어 하비를 입양하기로 결심했다. 우리가 보화 하비에게 덕을 베푸는 게 아니라, 우리가 보화 하비를 통해 얼마나 기쁘고 감사한 삶을 사는지… 생각할수록 감사하다. 엄마 아빠는 보화와 하비 때문에 너무도 행복하고, 날마다 젊어진다는 주위 사람들의 칭찬에 춤추기도 한다. 누나와 형도 동생들을 참 예뻐해서 동생들 옷이나 장난감을 곧잘 사준다. 이런 행복을 우리 가정만이 아니라, 더 많은 이들이 함께 누리길 간절히 소망한다.

보화, 하비야. 태어나 줘서 정말 고맙다. 아빠, 엄마, 형아, 누나 그리고 보화, 하비 이렇게 서로 의지하며 지금까지 그랬듯이 예쁘게, 행복하게 잘 자라 주렴.

박보화·하비 가족

아들딸이 다 자라 대학에 다니니 적막해진 가정에 2010년 8월 29일 보화가, 2012년 4월 12일 하비가 찾아와 날마다 웃음꽃이 활짝 핀답니다.

넷이나 하나이고, 하나이나 넷인 것은?

장상준·상혁·상현 가족

2007년 8월 14일 둘째 아들을, 2010년 7월 31일 셋째 아들을 입양했습니다. 셋인 듯 하나인 세 아들이 주는 행복이, 2013년 11월 26일 셋을 넷으로 만들어 주었습니다.

사랑해서 결혼하면 행복할 줄 알았습니다. 그러나 서로 다른 상대방을 인정하기 어려워 힘겨운 신혼을 보냈습니다. 아이가 생기면서 사랑하는 법을 조금씩 배웠고… 행복했습니다. 그러나 처음 부모가 된 우리 부부는 육아의 어려움에 허덕였습니다. 늘 심심해하며 보채던 아이는 평생 친구인 둘째를 입양하여 동생이 생기자 더 이상 심심해하지 않았습니다. 행복해했습니다. 우리 부부도 부모가 되는 법을 조금씩 배워 갔습니다. 그런데 작은아들이 30개월쯤 되면서 하루도 빠지지 않고 자신의 출생과 생모에 대해 물었고, 형과 자신이 다름을 이해하지 못해 힘들어했습니다. 우리 부부는 셋째 아들을 입양하기로 결심했

고, 2010년 셋째를 입양하면서 둘째 아들은 더 이상 외롭지 않다고 했습니다. 첫째는 더욱 의젓해졌고, 셋째는 형들이 있어 행복해했습니다. 사랑하며 사는 법을 가르쳐 준 아들들이 있기에 참 행복했습니다. 이 행복에 너무도 감사해 2013년 넷째 아들을 입양했습니다. 넷째는 아직 어리지만 형이 셋이나 있어 그런지 무엇이든 척척 알아서 잘하고 날마다 우리 가족을 웃게 합니다.

사랑하면 행복이 배가 된다더니 우리 가족은 행복이 제곱이 되었습니다. 사랑해서 둘이 결혼했을 때보다 지금이 65,536배 더 행복합니다. 이렇게 큰 사랑을 깨달아 알게 하시고 누리게 하신 하나님께 감사드립니다.

형님이 지켜 줄게

우리 인한이가 "입양은 좋은 거예요"라고 말할 줄 아는 형님이 되었어요. 여섯 살밖에 안 된 형님은 늘 동생이 걱정되나 봐요. "귀요미~" 하며 안아 주고 시도 때도 없이 뽀뽀하고 자기 것도 양보하는 든든한 형님이 되었답니다. 자기가 남자니까 꼭 남동생이여야 한다고 우기는 인한이 덕에 여동생을 바라던 아빠의 바람은 살포시 접고 강건한이 우리 가족이 되었어요. 입양 서류 준비부터 건한이 데리러 가기, 법원 판결까지 모든 걸 함께한 큰아들입니다.

동생이 7개월을 클 동안 엄마가 아닌 다른 사람과 살았다는 것이 너무 속상한지 늘 동생을 위하는 우리 인한이는 동생이 울면 엄마 흉내를 내며 달래 준답니다. 그네만 타도 동생이 떨어질까 동생을 꼭 안고 있고, 잠시 떨어졌다 만나면 이산가족 상봉이 따로 없습니다. 소리소리 지르며 달려와 꼭 껴안고 있어요. 이런 의좋은 형제 보셨나요?

기특한 인한이, 귀여운 건한이… 두 한이 형제는 오늘도 서로 사랑하며 하루하루 보내고 있습니다.^^

입양이 좋은 일이라는 건, 여섯 살짜리 아이도 안답니다.

입양을 했다고 하면 대단하다, 장하다 말하는 사람들이 있습니다. 물론 아이를 키우는 일은 대단하고 장한 일입니다. 그런데 배 아파 낳아 키우는 부모에게도 이런 말을 하진 않을 겁니다.

입양은 가족이 되는 또 하나의 방법입니다. 여섯 살짜리도 아는 것을 모르는 어른들도 있나 봅니다.

강인한·건한 가족

2009년 7월 3일 만난 인한이에 이어 2013년 7월 3일 건한이가 가족이 되었습니다. 7월 3일은 참으로 감사한 날입니다.

붕어빵 가족

"어쩌면 이렇게 아빠를 닮았을까?"
보는 사람마다 하는 말입니다.
처음 본 아가의 모습은 제 눈에는 참 사랑스러웠는데, 사진으로 다시 보니 참 뚱뚱했었더라고요. 우리 가족이 되려고 제 눈엔 천사같이 보였겠지요?
2004년 결혼하고 햇수로 5년이 지나도록 아이가 생기지 않았습니다. 병원의 도움을 받아 시험관 아기 시술을 했고, 2008년에 어렵게 임신이 되었는데 4개월째에 계류유산이 되어 버렸습니다. 아이를 떠나보내고 힘든 몸과 마음을 추스르며 지내다가 남편과 다시 자녀 계획을 세웠습니다. 원래 유자녀 입양을 하고 싶었는데 자녀가 안 생기니 남편은 순서를 바꾸는 것이 어떻겠냐고 하였습니다. 바로 양가 부모님을 어렵게 설득해 입양을 먼저 하기로 결정했고, 제가 임신했던 시기와 비슷한 시기에 다른 엄마의 배 속에서 자라고 있던 지음이를 만나게 되었습니다.
백일이 막 지나 우리 품으로 온 지음이는 다른 어떤 아가들과 비교할 수 없을 만큼 튼튼한 팔다리와 사랑스러운 눈을 가지고 있었습니다. 다들 체격이 좋은 아빠와

김지음 가족

2009년 6월 25일 우리 가족이 된 지음이는 동갑내기 아빠 엄마에게 행복이 무엇인지 가르쳐 주는 최고의 선생님입니다. 지음이 또래 엄마들보다 나이가 많은 편이지만 지음이 덕에 항상 웃기에 나이에 비해 젊다는 말을 듣고 삽니다. 아니, 듣고 싶습니다.^^

붕어빵이라고, 아빠가 목사임에도 불구하고 전적이 의심스럽다는 놀라운(?) 말을 들어야 했습니다.

지음이가 우리 집에 오고 주변 반응은 두 가지였습니다. "노력을 좀 더 해보지~" "정말 좋은 일한다! 참 복받은 아이네." 그런데 지음이와 먹고 자고 울고 웃고 하는 동안 주변의 말은 전부 틀렸음을 깨달았습니다. 지음이가 오면서 우리 부부는 서로를 더욱 의지하고 더 사랑하게 되었고 지음이 덕분에 우리 부부 입가에서 미소가 떠나지 않게 되었습니다. 아이가 좋은 부모를 만난 것이 아니라 우리가 좋은 선물을 받은 것이지요. 밝게 웃는 아이 얼굴을 볼 때마다 행복이 절로 묻어나고, 조금씩 조금씩 우리를 닮아 가는 아이 모습이 우리 가정을 더욱 행복하게 합니다. 전혀 모르던 남녀가 만나서 결혼해도 닮는 게 가족인데 지음인들 부모를 안 닮겠어요? 피만 안 섞였다 뿐이지, 생김새는 아빠 붕어빵이요, 활발한 몸짓과 큰 목소리는 엄마 붕어빵입니다. 지음이가 하나님이 우리에게 주신 최고의 선물이기에 우리도 지음이에게 멋진 선물이 되고자 오늘도 노력합니다.

바라만 봐도 행복해

둘째아이를 출산하면서부터 입양 계획을 갖고 있다가 그 결심을 실천으로 옮기게 되었습니다. 셋째로 딸을 입양하기로 결정한 것이지요. 이미 아들이 둘이라 딸을 입양하는 것으로 가족들과 이야기 나눴습니다. 목회자 가정이라 그런지 생각보다 일찍 은별이를 품에 안아 볼 수 있었습니다. 은별이라는 이름은 엄마가 지었답니다. 은혜 은恩에 구별 별別, 은혜로 구별된 사람이라는 뜻인데, 성경의 한나와 에스더의 이름도 같은 뜻이랍니다. 한나와 같은 기도의 어머니, 에스더와 같은 멋진 여성이 되라는 깊은 의미가 담겨 있지요.

아들이 주는 기쁨과 행복도 있지만, 지금은 우리 은별이가 우리 가족에게 주는 행복이 참 큽니다. 목사님들은 은별이가 복 받았다고 하시지만, 우리는 은별이로 우리 가정이 복을 받았다고 얘기합니다.

은별이가 있어 참 행복합니다. 바라만 봐도 예뻐요. 다른 가족들과 사과를 먹던 은별이가 아파서 누워 있는 아빠에게 사과를 한 쪽 들고 와서는 내미는 모습에 감격했어요. 이토록 사랑스러운 은별입니다. 은별이로 인한 행복은 그 무엇과도 바꿀 수 없을 만큼 참으로 크답니다.

정은별 가족

2009년 4월 3일 작은 교회에서 목회자로 섬기는 아빠와 사랑하는 엄마의 막내딸이 된 은별이는 든든한 오빠가 둘이나 있답니다.

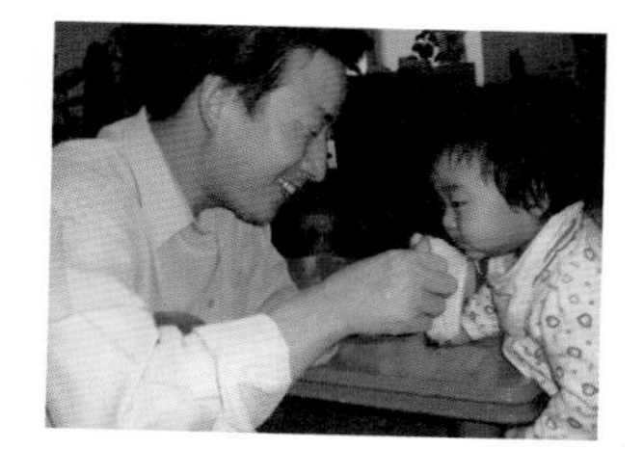

뽀뽀, 그 사랑의 묘약

강규닮 가족

2010년 1월 25일 생후 5주 된 규닮이를 만났습니다. 딸을 입양하려면 1년 정도 기다려야 한다고 해서 꽃피는 봄이 오면 현민이 동생을 만나 볼 수 있겠다 했는데 8개월 만에 만날 수 있었습니다.

연애 시절부터 입양에 대한 이야기를 자주 나누었습니다. 결혼하고 나서 바로 아이를 입양하고 싶었지만 아이를 낳으면 생각이 달라질 수 있다는 분도 계셨고, 아이를 낳고 입양을 하면 훨씬 더 잘 키울 수 있다는 분도 계셔서 일단은 아이를 낳기로 했습니다. 미국 유학 중이던 2006년 6월 현민이를 낳았습니다. 학교 기숙사에 살고 있었는데, 낯선 동양인에게 따뜻함을 베푸는 이웃 백인 부부와 친구가 되었습니다. 교제하다 보니 그 아내가 입양되어 자랐다는 사실을 알게 되었습니다. 정서적으로 안정감 있게 잘 자랐을 뿐만 아니라 고통받고 소외당하는 사회적 약자에 관심을 기울이는 부부를 보면서 할 수만 있다면 우리도 입양해서 아이를 잘 키울 수 있으면 좋겠다는 소망을 갖게 되었습니다.

정말 감사한 것은 입양을 진행하는 과정에서 양가 부모님이 저희를 지지하고 격려해 주신 것입니다. 하나님께서 우리 가정에 맞춤한 건강한 아이

를 보내 주시기를 함께 기도해 주셨습니다. 규닮이가 집에 오고 나서는 친정어머니와 시어머님이 번갈아 오셔서 제가 마치 해산한 산모라도 되는 것처럼 먹을거리를 챙겨 주시고 규닮이를 보며 행복해하셨습니다.

입양을 신청하고 설레는 마음으로 규닮이를 기다리면서 아이가 우리를 닮았든 닮지 않았든 상관이 없었지만, 아이가 부딪힐 현실이 너무 아플까 봐 가능한 오빠 현민이와는 닮았으면 좋겠다 싶었습니다. 물론 지금은 겉모습보다 우리 가족이 추구하는 내면적인 가치와 아름다움을 닮았으면 하지만, 입양을 신청해 놓고 기다릴 때는 혹시나 하는 마음에 그런 생각을 했습니다. 그런데 참 신기하게도 규닮이는 오빠 현민이를 많이 닮았습니다. 쌍꺼풀이 없는 큰 눈과 눈매, 그리고 보는 사람마다 한마디씩 하는 속눈썹이 그렇습니다. 둘이 어떤 모습으로 성장하게 될지 지금은 알 수 없지만 혹시라도 규닮이가 자신의 뿌리와 정체성으로 고민하는 시기가 되면

비록 우리가 같은 피로 가족이 된 것은 아니지만 그보다 더 진한 사랑으로 가족이 되었다고 이야기해 주면서 오빠와 유난스레 닮은 이 사진을 규닮이에게 보여 주고 싶습니다.
규닮이의 하루는 오빠를 쫓아다니고 오빠를 귀찮게 하고 오빠를 따라 하다 저물어 갑니다. 오빠가 하는 일이면 야단맞는 것도 따라 하는 규닮이입니다. 현민이가 야단맞느라 경직된 자세로 서 있으면 잘못하지도 않은 규닮이가 냉큼 달려와서 오빠 옆에 서서는 똑같은 자세와 표정으로 야단치는 엄마를 쳐다보곤 합니다. 세상의 중심에 자기만 있던 현민이가 어느새 규닮이의 소소한 미션을 자신의 일처럼 여기며 함께 기뻐해 주고, 때로 자신이 누려야 하는 성공의 기쁨을 동생에게 양보까지 하는 모습을 볼 때마다 규닮이는 우리 부부뿐 아니라 현민이에게도 큰 선물임을 다시금 깨달습니다. 애들은 싸우면서 큰다는 어른들의 말을 뼈저리게 실감하고 있기도 합니다. 하루에도 열두 번도 더 싸우는 남매를 중재하느라 기운이 다 빠지면서도, 현민이에게 동생 규닮이를 맞이하게 해준 일은 세상에서 가장 잘한 일이다 싶습니다. 백만 번도 넘게 싸우다가도 잘 노는 모습 한번 보면 어찌나 기특하고 감개무량한지요.

현민이 동생을 입양하겠다고 했을 때 저희 어머니는 적잖이 걱정을 하셨습니다. 부모님 세대 어른들이 대개 그렇듯이 혈연이 아닌 누군가를 가족으로 맞이한다는 것이 결코 쉬운 일은 아니었으리라 여겨집니다. 그렇지만 아들 며느리의 의견을 존중해 주신 부모님 덕분에 규닮이가 저희 부부의 사랑뿐 아니라 할머니 할아버지의 사랑까지 듬뿍 받으며 자랄 수 있었습니다.

설에 모인 가족들과 사진을 찍었습니다. 아버지, 어머니, 작은아버지들, 작은어머니들, 고모, 사촌 동생들, 조카, 제수씨까지 함께 찍었습니다. 규닮이가 처음 저희 집에 왔을 때 규닮이는 그저 저희 부부의 딸이자 현민이의 동생이었는데, 시간이 지나면서 차츰차츰 할아버지와 할머니, 작은할아버지와 작은할머니, 고모할머니의 귀여운 손녀가 되었고, 작은아빠와 작은엄마, 고모의 조카가 되었습니다. 가족이라는 울타리가 규닮이에게 이렇게 놀라운 관계를 만들어 주었고, 규닮이 역시 우리 가족에게 새로운 호칭을 부여해 주었습니다. 온 가족이 함께 찍으려고 삼각대에 타이머까지 맞추어 사진을 찍었습니다. 어쩌다 보니 막내 규닮이가 가장 앞에 있고 나머지 가족들이 규닮이 뒤에 서서 찍게 되었네요. 이 사진이 규닮이에게 이렇게 말하는 것 같습니다.

"규닮아, 네 뒤에 가족이라는 든든한 울타리가 있다. 무슨 일을 하든지 두려워 말고! 무서워 말고! 겁내지 말고! 앞서 나가거라. 가족이라는 든든한 이름으로 우리가 너를 지켜 주마! 규닮이 파이팅!!!"

싱크로율 95%

찬희는 유독 큰오빠 찬영이와 많이 닮았다.
찬희 사진을 조카에게 보냈더니
조카가 형수에게 하는 말,
"엄마, 찬영이 애기 때 사진을 보냈네~"
찬희 입양 사실을 모르던 시골 이모가
찬희를 보자마자 하신 말씀,
"친탁일세."
찬영이 상담 때문에 찬희가 엄마와 학교에 갔더니,
찬영 친구들 왈,
"네 여동생이구나. 너랑 꼭 닮았다!"
마지막으로 찬영 왈,
"내가 찬희랑 그렇게 닮았어?"
찬희는 천생 우리 집 식구다.

고찬희 가족

2009년 2월 6일 가족이 된 막내딸 찬희는 찬영, 찬하 두 오빠 밑에서 남성성을 학습하며 자라고 있어요.

즐거운 가족 셀카

은수가 우리 가족이 되고 동료 교사, 학부모, 학생들로부터 이루 헤아리기 힘든 많은 축복과 사랑을 받았지요. 중학교 교사인 제가 학교 홈페이지 블로그(blog.2woo.net/kihyukee)에 은수 사진을 자주 올려놓거든요. 애교 넘치고, 잘 웃고, 건강한 은수 덕분에 집에 돌아오면 피로가 확 풀립니다. 물론 첫아이다 보니 엄마가 이만저만 고생이 아니지만요.

은수와 함께한 날들이 참으로 소중합니다. 만남, 백일, 여름 나기, 단풍 나들이, 돌맞이 스튜디오 촬영, 돌잔치, 명절…. 어린이집에 다니면서 엄마와 떨어져 친구들과 하루를 보내기 시작할 때는 어느새 이렇게 자랐나 대견하기도 했지요.

스마트폰이 생긴 뒤로는 가족 셀카를 자주 찍습니다. 아빠, 엄마, 은수가 한 화면에 모두 보이니 더욱 즐겁게 사진을 찍을 수 있습니다. 어떨 때는 아빠 엄마만 신이 나고 은수는 울상인 사진이 찍히기도 해요. 엄마 아빠는 결혼기념일이라 기분이 좋은데, 은수는 관심이 없나 봐요~

장은수 가족

아빠 엄마가 결혼해 만 5년이 지나 2009년 2월 27일 얻은 첫아이, 우리 은수입니다. 생후 40여 일 된 은수와의 첫 만남… 똘망한 눈으로 무언가를 말하는 듯하던 그 순간을 지금도 잊을 수 없습니다.

우리 착한 동이 잘 잤나?

#1. 우리 착한 동이 잘 잤나?

방문 밖에서 부스럭대는 소리가 들리는 걸 보면 왕할머니께서 주하를 보러 아침 마실을 오시려나 봅니다.
잠시 후 방문이 빼꼼히 열리면서 정겨운 목소리…
깜깜한 눈으로 천천히 더듬거려 건넌방까지 찾아오신 왕할머니의 방향감지기 달린 손이 누워 있는 주하를 능숙하게 찾아내곤 반갑게 더듬습니다.
"에구에구… 그래, 잘 잤나? 우리 착한 동이 잘 잤나? 어디 보자. 어제보다 더 여물었구나~ 어디 보자, 할매가 좀 안아 보자. 아이구 착하다, 이치로 순하다. 우리 착한 동이 이치로 순하다~"
매일 아침 여물어 가는 주하를 안아 보는 것으로 시작되는 왕할머니와 주하의 아침마당에 오늘도 햇살이 가득 채워집니다.

#2. 너는 내 비타민

2주에 한 번 만나는 이 작은 녀석이 얼마나 눈에 밟혔는지 들어서는 순간부터 귀에 입이 걸린 친할머니. 결혼하고 조금씩 살가워지던 아들내미와 아들과 마음 맞

김미루·주하 가족

주하와 미루는 아빠 엄마, 외할아버지 외할머니와 한 지붕 아래 살고 있습니다. 2008년 10월 9일 생후 한 달 된 주하가 오고부터 아빠 엄마는 인생 전반의 계획이 새롭게 변경되어 가슴 가득 부푼 꿈이 이끄는 삶을 살고 있습니다. 2010년 성탄 무렵 다섯 살 미루까지 한 가족이 된 것이지요.

춰 잘 사는 게 고마운 며느리에게서 들려온 당황스러운 단어 '입양'이 이렇게 놀라운 사랑을 경험하는 축복인 줄 알았다면, 5개월이나 이 귀여운 것의 성장을 지켜보지 못하는 아쉬운 결정따윈 안 했을 거라고 하십니다. 포실포실 아기 냄새 가득한 주하를 무릎 위에 마주 앉히곤 그 맑은 눈동자 속에 사랑 넘치는 할머니의 모습을 새기려는 듯 보고 또 보며 숨길 수 없이 새어 나오는 행복의 미소를 흘려보내십니다.

"이렇게 예쁜 것을, 이렇게 사랑스러운 것을 내가 왜 안 보겠다고 5개월이나 그 고집을 피운 게야? 에구~ 주하 너는 이 할머니의 비타민이여~"

#3 누나가 생겼어요.

삼촌이 선물해 준 예쁜 한복과 엄마가 한 올 한 올 장인 정신으로 빗겨 준 머리, 두둑이 받은 세뱃돈, 새삼 알게 된 떡국의 담백한 맛, 곧 오실 손님들에 대한 기대감까지… 무엇이 부족할까요? 가족과 함께 맞이하는 첫 번째 설날 아침 미루의 미소가 싱그럽습니다.

미루는 첫 만남 이후 8개월간의 눈물겨운 연애를 거쳐

품에 안은 딸내미입니다. 다섯 살 누나를 맞이하고자 주하와 아빠 엄마가 가족 만들기 프로젝트를 한마음으로 진행한 끝에 성탄 전야에 가족이 되었습니다. 이제 겨우 백 일을 한솥밥 먹으며 보냈지만 미루의 얼굴은 너무나도 달라져 있습니다. 다섯 손가락으로 다 못 세는 대가족 안에서 미루는 건강한 뿌리를 내리고 있습니다. 할머니의 따뜻한 체온을 온몸으로 느끼면서 열 번이라도 친절히 설명해 주시는 할머니의 넉넉한 마음과 응원 덕분인지 공부하는 미루 얼굴이 평온해 보입니다.

언니가 책 읽어 줄게

사랑하는 딸 주은이에게

작고 예쁜 주은이를 만난 게 엊그제 같은데 벌써 우리 주은이가
온 집 안을 휘젓고 다닐 만큼 자랐네.
처음 만났을 때 너무나 예쁘게 웃던 모습, 아직도 생생하단다.
그 미소로 계속 엄마 아빠를 기쁘게 해주어 정말 고맙구나.
처음 주은이를 만나고 이름을 지으려고 모든 식구가 머리를 짜내었단다.
결국은 목사님께서 지어 주셨는데, 주은이라는 이름에는 두 가지 뜻이 있단다.
'주님의 은혜'라는 뜻, 뿌리 주株에 은혜 은恩,
그러니까 하나님 은혜에 뿌리내리는 사람이 되라는 뜻이야.
혹시라도 네 뿌리에 대해 혼란스럽고 정체성이 흔들릴 때가 온다면 그때 꼭 기억하렴.
주은이의 뿌리는 하나님의 은혜이고, 주은이는 하나님의 자녀라는 걸.
하나님께서 주은이를 우리 가정에 주셔서 얼마나 감사한지 몰라.
엄마 아빠는 무엇보다 우리 주은이가 지금처럼 건강하고 밝게 자라 주었으면 좋겠다.
그래서 세상에 나갔을 때 언제나 빛을 발하는 사람이 되었으면 좋겠어.
그리고 항상 엄마 아빠와 하나님께서 우리 주은이를
너무나 사랑하고 있다는 걸 잊지 않고 살았으면 좋겠구나.
엄마 아빠는 우리 주은이와 주은이 같은 친구들에 대한
우리 사회의 편견이 없어지도록 계속 노력하고 기도할 거야.
그래도 혹시라도 세상에서 상처받거나 힘들 때면
우리 주은이 곁에는 엄마 아빠가 있고 하나님이 계시다는 걸
기억하고 위로받고 기대어 쉴 수 있으면 좋겠다.

사랑하고 축복한다.

여섯 살이 되면서 어렴풋이 입양에 대해 알아 가고 있는 주은이입니다. 언니는 엄마가 배로 낳았고 자기는 엄마가 가슴으로 낳았다는 이야기를 하고(어쩌면 정말 가슴에서 나왔다고 생각하는지도 모르겠습니다), 가끔은 입양 이야기를 거부할 때도 있지만 여전히 "주은이 누구 딸?" 하고 물으면 "엄마 딸, 아빠 딸, 언니 동생!"이라고 줄줄 대답하는 우리 집 귀염둥이 막내입니다.

어쩌면 앞으로 입양 사실이 아픔으로 다가올 날이 있을지도 모르겠습니다. 그런 날을 생각하면 마음이 아프지만, 아픔을 겪는 순간에도 엄마 아빠 언니는 주은이를 가장 사랑하고, 그 순간을 오롯이 함께 겪어 줄 사람들이라는 걸 주은이가 잊지 않았으면 좋겠습니다. 그래서 그 아픔을 딛고 더 단단하게 살아갈 수 있기를 기도합니다.

이주은 가족

퇴근하자마자 두 딸을 양팔에 안고 비행기 태워 주기 바쁜 아빠와 직장도 잠시 그만두고 주은이 키우는 재미에 폭 빠져 있는 엄마, 세상에서 주은이가 가장 예쁘고 사랑스럽다는 언니 시은, 그리고 그런 언니 뒤를 졸졸 쫓아다니는 언니 따라쟁이 주은. 이렇게 네 식구가 행복하게 살고 있습니다.

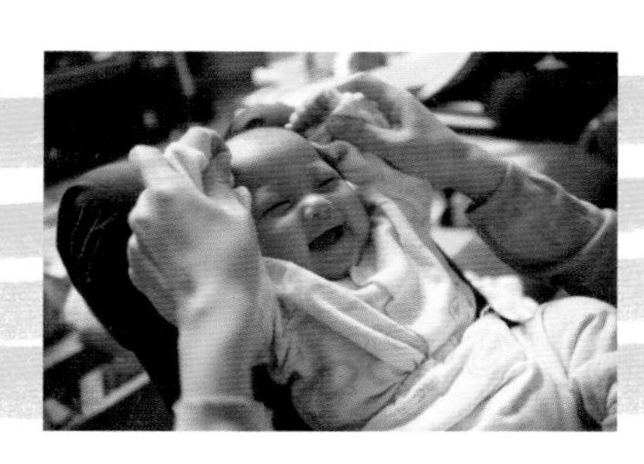

INDIGO

우리는 고슴도치 사남매

준희를 만나던 날, 아침부터 긴장되었다. 내가 아들 셋 키우는 엄마 맞나 싶을 만큼 가는 내내 가슴이 방망이질 쳤다. 한 아이 한 아이 안을 때마다 이랬나 곰곰 생각해 보면 아니었던 것 같다. 분명 이런 떨림은 아니었다. 네 번째는 좀 특별한 만남이라 그런지 최고로 긴장되었던 건 분명하다. 드디어 그토록 기다리던 날 닮은 딸이 아닌가. 모든 절차를 마치고 차를 타고 집에 오는 동안 사랑스러운 준희를 안고 생각했다. 이 말 많고 탈 많은 세상에 든든한 세 오빠가 있다면 우리 준희에게 큰 힘이 되어 줄 것이다. 이렇게 준희는 입양에 대해 생각하게 한다. 그날 내 가슴에 안겨 편안하게 잠을 자던 그 모습이 지금도 눈에 선하다.

이준희 가족

많으면 많고 적다면 적게 느껴지는 여섯 가족. 아빠 이기은, 엄마 심미영,
첫째 이준철, 둘째 이준영, 셋째 이준성, 2008년 9월 만난 막내 이준희.

다름을 인정하기엔 우린 너무 닮았어

애쓸 필요도, 애써야 할 필요도 없는 사랑입니다

안녕, 주애야

어느 날, 가족회의를 했습니다. 주제는 전부터 이야기 들어 온 셋째의 입양. 그때까지는 특별한 의견 없이, '부모님이 원하시는 대로'였습니다. 긍정적인 쪽으로 회의는 마무리 되었고, 부모님은 입양을 진행하시는 듯했습니다. 이내 동생에 대한 것은 잊고 제 할 일을 열심히 하며 지냈죠. 가끔 부모님이 주말에 어딘가에 다녀온다고 하셨습니다. 저희만 두고 나가 계시는 일이 그전에는 통 없었기에 동생에 관한 일인가 싶었습니다. 막연히 '이제 동생이 오려나 보다. 예뻤으면 좋겠다' 했죠. 그러던 어느 날 드디어 동생이 왔습니다. 꽁꽁 감싸진 채로 들어왔습니다. 작은 얼굴에 큰 눈이 예쁜 아이였습니다. '아, 이렇게 예쁜 아이가 있다니. 이렇게 예쁜 아이가 내 동생이라니'라는 생각과 함께 저는 행복했고, 동생을 잘 챙겨 주고 돌봐 줘야 한다는 의무감이

들면서 동생에 대한 관심이 커졌습니다.
뒤집기를 시도하고, 곧 자유롭게 뒤집고 기는 걸 연습하고, 벽을 잡고 일어서기를 시도하고… 우리 가족은 주애가 노력하는 모습을 다 같이 보았고, 다 같이 웃었습니다. 집에 별 관심이 없던 저도 집에 주애가 있기에 빨리 돌아오게 되었습니다. 주애로 인해 가족끼리 함께하는 일이 많아졌고 함께 웃는 일도 많아졌습니다.
저는 주애를 친구들에게 많이 자랑했습니다. 제 미니홈피가 주애의 홈피 아니냐고 하는 친구가 있을 정도로요. 주변의 권유로 '아이 모델 콘테스트'에 도전한 적이

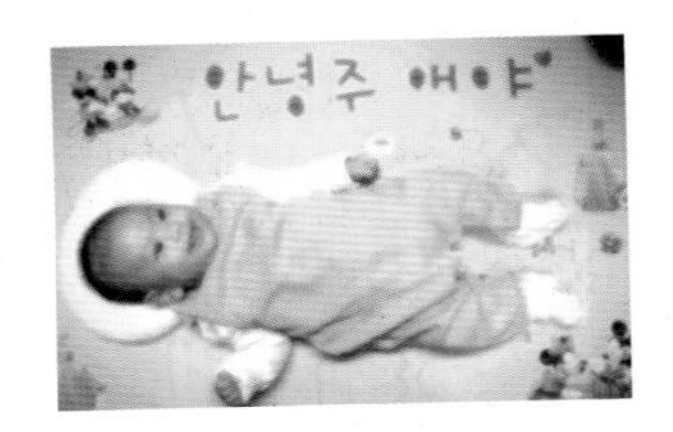

있습니다. 스튜디오에서 주애 사진을 보내 달라는 요청이 들어왔고, 저희 집은 고민에 빠졌습니다. 사진을 찍기에는 주애가 아직 어렸고 가능성이 확실하지 않은 일에 큰 돈을 쓸 수도 없었기 때문입니다. 홈페이지에 이 사연을 올렸고 한 친구에게 연락이 왔습니다. "우리 삼촌이 스튜디오를 하시는데 연락해서 날짜 맞춰 찍어!" 저는 바로 부모님께 말씀드렸고 저희 가족은 어느 토요일에 촬영을 하러 갔습니다. 이날 아이 모델 회사에 보낼 주애 사진도 잔뜩 찍고, 거의 10년 만에 가족사진을 찍었습니다. 이날, 친구의 부모님까지 오셔서 촬영하는데 큰 도움을 주셨습니다. 이렇게 주변에서 도움을 주고 주애를 축복해 주셨습니다. 이렇게 여러 행복한 일이 주애가 온 뒤로 있었습니다.

이주애 가족

군인 아빠 이상현과 주부9단 엄마 이은숙, 큰오빠 이경찬과 작은오빠 이혜찬, 귀여운 막둥이 이주애가 함께 사는 가족입니다.

이미 많이 커버린 아들 둘, 엄격한 계급사회에 속해 있는 군인 아버지, 다른 엄마들처럼 동네 아줌마들이랑 잘 어울리지 않으시는 엄마. 이렇게 각자 자기 할 일만 하던 한 가족에게, 하나님께서 주애라는 강력한 자극제를 선물해 주셨고, 덕분에 엄마 아빠는 잔소리도 줄고 젊어지셨어요. 집안 분위기가 싹 달라졌습니다. 주애가 오기 전엔 생각지도 못한 많은 일들이 저희 가족에게 생겼습니다. 식어 버린 가정에 산뜻한 영양제가 되어 준 주애가 너무 고맙습니다. 아직 작고 어린 존재인 주애가 행복하게 자랄 수 있게 사랑해 주겠습니다. 주애를 만나지 못했다면 어땠을까요? 엄마 아빠가 10여 년 동안 기도하셨다는데 너무 잘하셨습니다. 주애의 멋진 오빠가 되기 위해 오늘도 열심히 공부합니다. 사랑한다, 주애야♥

어떻게 우리 집에 왔을까?

홍다은 가족

2008년 7월 31일 태어난 지 갓 한 달 된 다은이를 만났습니다. 첫 만남부터 낯설지 않던 다은이는 하나님께서 우리 가정에 보내 주신 소중한 둘째 딸이랍니다. 아빠 엄마와 언니까지 네 식구가 용인에서 알콩달콩 행복하게 살고 있습니다.

2008년 7월 어느 무덥던 날, 드디어 전화가 걸려 왔습니다. 전화를 받고 며칠을 못 잤습니다. 원장 수녀님께서 출장 중이신 관계로 바로 데리러 갈 수 없어, 며칠 뒤로 날을 잡았는데 하루하루가 어찌 그리 길던지요. 내 아이 태어났는데 볼 수 없는 엄마 마음이라니….
드디어 아이를 만나는 날. 아이의 생모와 생부에 대한 간단한 설명을 들은 후(물론 기대하지 않았지만 미혼모인 생모의 상황이 그리 좋지 않았습니다. 그러나 열 달 동안 이 아이를 지켜 준 그 사실 하나만으로도 너무나 너무나 감사하고 대견한 당신입니다. 고맙습니다), 예쁜 옷을 차려입은 아이가 수녀님 품에 안겨 제가 있던 방으로 들어왔습니다.
저는 큰아이를 마트에서 잃어버린 적이 있습니다. 한 5분쯤? 잠깐이었는데도 세 살짜리 어린아이를 잃어버리고

나니 머릿속이 새하얘졌습니다. “이놈 봐라. 엄마가 그렇게 이리저리 뛰어다니지 말라니까. 잡히기만 해봐”는 잠깐이고 무서운 생각들이 스치는 것이었습니다. 반쯤 정신이 나가서 마트 안을 휘젓고 다니다 어떤 아주머니 손에 이끌려 울면서 제게로 걸어오는 큰아이를 보고는 막 뛰어가서 끌어안고 “됐다. 집에 가자…”만 반복하며 울었습니다.

그런데 처음 만난 우리 둘째를 보는 느낌이 딱 그때의 열 배쯤이었습니다. 새근새근 잠들어 있는, 이제 막 한 달이 지난 녀석을 보는데… 그냥 아이를 냅다 뺏어 안고는, 누가 다시 데려갈세라 꼭 껴안고는 그렇게 울었습니다.

결혼 전부터 남편과 소망하던 귀한 보물은 이렇게 저희 가정으로 왔습니다. 첫 아이를 낳고 기다리고, 입양을 신청하고 열 달 동안 기도로 태교하고… 사랑스러운 우리 다은이는 누가 봐도 우리 부부의 딸이자, 조은이의 동생이랍니다.

다은이는 언니를 참 많이도 닮았습니다. 활발하고 호기심 많은 것도 닮았고, 찬양과 율동을 좋아하는 모습도 닮았고, 아빠를 독차지하고 싶어 하는 질투심도 닮았고, 엄마에게 뽀뽀해 주며 애교 부리는 모습도 닮았습니다.

배 아파 낳은 조은이와 가슴 아파 낳은 다은이가 서로 사랑하며 닮아 가는 모습을 보며 남편과 늘 이야

기합니다.

"아이구, 저 예쁜 녀석이 어떻게 우리에게 왔을까… 저 예쁜 녀석 없었으면 어떻게 살았을까…"

어제는 조은이가 적어 놓은 다은이 생일카드를 보았습니다. 아직 생일이 한참 남았는데도 꼭 쓰고 싶은 말이 있다더니…

"다은아, 언니 동생으로 와줘서 고마워. 언제나 지켜 주께."

세심한 남편, 야무진 큰딸 조은, 귀염둥이 다은…

제 생의 가장 소중한 선물, 우리 가족입니다.

기쁨 × 사랑

윤세민·세은 가족
보통은 동생이 오빠를 따라 하는데, 우리 셋째 세민이는 동생 세은이를 관찰하고 따라 하기 바쁘답니다.

아내와 연애할 때 함께 나눴던 꿈이 입양이었습니다. 두 남매를 어느 정도 키우고 나서 공개 입양에 대해 좀 더 자세히 알게 되었고, 입양을 결정하게 되었습니다. 그러나 두 가지 벽에 부딪혔습니다. 먼저 큰아들이 동생 하나도 감당하기가 쉽지 않은데 둘은 너무 힘들 것 같다며 반대했습니다. 또 우리 부부도 배로 낳은 아이들과 가슴으로 낳은 자녀에 대한 마음이 다르면 어떻게 하나 하는 걱정이 앞섰습니다. 하지만 큰아들이 곧 마음을 바꾸게 되었고, 셋째 세민이를 입양했습니다. 세민이를 키우면서 우리 부부의 걱정은 기우에 불과했음을 알게 되었습니다. 배로 낳은 자식보다 가슴으로 낳은 자녀가 더욱 마음이 절절함을 깊이 경험했기 때문입니다. '이것이야말로 정말 운명적인 만남이로구나. 하나님께서 세민이를 진짜로 우리 셋째 아들로 주셨구나. 낳는 방식이 다를 뿐, 위의 두 아이처럼 하나님께서 세민이를 우리 집 막내로 주셨구나' 하는 확신을 곧 갖게 되었습니다. 또 반대했던 큰아들도 띠동갑 동생을 너무나 예뻐하고, 기저귀 갈아 주는 것은 물론 목욕까지 시켜 주는 등 엄마를 정말 많이 도와주었

습니다. 입양은 우리 식구 모두에게 큰 기쁨과 사랑을 가져다주었습니다. 입양 가족들을 만나 교제하면서 두 번째 입양에 대한 고민이 생겼습니다. 세민이에게 입양 형제가 있으면 좋겠다는 마음 때문이었습니다. 하지만 쉽지 않았습니다. 나이도 있고, 넷은 너무 많지 않나 하는 두려움도 있었습니다. 아이 셋을 돌보느라 힘들어하는 아내를 보면 엄두가 나지 않았지만 결국 세은이를 입양하게 되었습니다. 세민이와 세은이가 함께 어울려 즐겁게 노는 모습을 볼 때마다 두 번째 입양은 정말 잘한 일이라는 확신이 듭니다.

사람들은 우리가 좋은 일을 하고 있다는 둥, 아이들더러 너희가 참 복이 많은 아이들이라는 둥 말하곤 합니다. 그런데 우리는 칭찬을 받아야 할 것이 아니라, 축하를 받아야 합니다. 그리고 복이 많은 것은 우리 세민이 세은이가 아니라, 실은 우리 식구들입니다. 세민이 세은이 때문에 오히려 우리가 많은 기쁨과 행복을 누리고 있기 때문입니다.

너희와 만나려고 그랬나 봐

하나님께서는 내게 귀한 아이들을 맡겨 주셨다. 정한이와 지수. 큰아들 정한이는 참 멋진 아이다. 이해심도 많고, 남에게 사랑도 베풀 줄 알고… 곧 형이 된다는 소식에 동생을 손꼽아 기다리고 있다. 지수는 지금 이사를 했다. 천국에서 예수님과 함께 평안한 쉼을 누리고 있다. 딸아이를 보내고 7년이란 시간 내내 허전하고 쓸쓸한 마음을 달랬고 다시 아기를 가져 위로받기를 원했다. 그런데 내 뜻대로 되지 않았다. 아이를 기다리던 중 지수가 입원했을 때, 그때의 마음을 일기로 기록해 놓은 수첩을 한 장 한 장 펼쳐 보며 읽어 보았다. 기도하며 다짐하던 것이 있었다. 입양에 관한 마음을 정하여 하나님께 약속한 내용이었다. 그것을 보며 내가 이런 기도를 했구나 새삼 깨달았다. 증거로 남아 있지 않았다면 까마득히 잊었을 수도 있다. 그 글을 읽고 남편과 입양에 대해 대화를 나누었지만 별다른 느낌이 없었다. 그 후로도 나는 내 몸으로 품어 낳는 아이를 원했고 입양은 나중 일이라 생각하며 기도했다.

지나고 보니 참 재미있다.

하나님 뜻대로 살게요 하면서도 기도는 내 만족을 구

김요한·의한 가족

아빠와 엄마의 사랑으로 맏이 정한이와 둘째 요한이, 셋째 의한이가 무적의 삼형제가 되었습니다.

하는 것이었으니 하나님 보시기에 참 씁쓸하셨겠다 싶다. 마음이 바뀔 때까지 주님은 오래 기다리셨다. 마음을 빨리 정했더라면 수많은 나날을 눈물로 보내지는 않았을 텐데…. 하나님은 당신이 원하시는 일을 억지로, 강제로 시키시는 분이 아니시다. 그분이 원하시는 일을 하도록 내 안에서 나를 만져 주셨고 모든 환경과 여건을 미리 준비하고 열어 주시며 그 일을 기쁨으로 행하게 하시는 분이다.

마음을 정하기까지 또다시 일 년이란 시간이 흘렀고, 밥상 차리고 있으면 누가 떠 넣어 주겠지 하고 기다렸는데 주님께서는 차려는 줄 테니 네가 떠먹으라고 하셨다. 차려 주신 밥상에서 수저 들기까지도 어려웠다. 나중에는 일찍 선택할걸 하는 후회가 들기도 했지만, 아마도 우리 요한이를 만나게 하시려고 그랬나 보다.

내게 아이들을 많이 맡겨 주시길 기도한다.

부족하지만 주님께서 택하신 귀한 자녀들과 함께 하나님 나라를 만드는 데 힘쓸게요.

주님, 사랑합니다.

정한, 지수, 요한, 의한 너희는 아니?

너희와 부모 자식으로 만난 것이 얼마나 축복인지… 너희의 엄마인 것이 자랑스럽다.

정한이와 지수 그리고 요한, 의한아, 사랑한다.

커밍아웃

송다녕·다윤 가족

아빠 엄마 수환 다녕 다윤 그리고 금동이. 이렇게 다섯 식구와 개 한 마리가 시끌벅적 살고 있습니다. 2003년 10월 수환이가 여덟 살 때 다녕이를 입양했는데, 아무래도 나이 차 때문인지 어릴 때와는 다르게 남매 사이는 좀 소원해졌지만 두 자매는 어찌나 재미있게 잘 지내는지요. 금동이는 다녕이보다 한 살이 많지만 다녕이에게도 다윤이에게도 만만할 따름입니다. 아무리 못살게 굴어도 마음 따뜻한 금동이는 다윤이가 졸릴 때 곁을 내준답니다.

2008년, 일곱 살 다녕이는 자신의 입으로 커밍아웃을 했다. 특별하다면 특별할 수 있었던 다녕이는 스스로 친구들 앞에서 자신의 정체성을 밝힘으로써 다른 친구들과 별다를 것 없는 일반적인(?) 아이가 되었다.
어느 날 다녕이를 데리러 유치원에 갔더니 선생님 왈, 다녕이가 친구들 앞에서 자신은 엄마가 입양을 했다고 얘기했단다. 놀란 선생님은 입양이 뭔지 아느냐고 물었더니 다녕이는 낳아 준 사람이 키울 수 없어 엄마에게 준 거라고 자신 있게 말을 하더란다. 집에 가는 길, 앞서 뛰어가는 다녕이의 뒷모습을 바라보며 대견함에 그저 웃음만 나왔다.
다녕이가 스스로 커밍아웃을 한 순간, 다녕이도 나도 입양이라는 굴레에서 자유로워졌다. 다녕이를 입양하는 순간부터 그 사실을 숨기고 싶지도, 다녕이가 영원히 몰랐으면 하고 바라지도 않았지만 그렇다고 부담이 없었던 것도 아니었다.

입양 초기, 다녕이 친구 엄마들과 얘기할 때, 병원에서 의료보호 혜택으로 진료비와 약값을 내지 않을 때, 사람들이 출산 상황을 물어 올 때, 전혀 뜻하지 않았던 사람들에게서 질문을 받았을 때, 매 순간 고민의 시간이었다. 하지만 언제나 나는 당당한 선택을 했고, 특히 아이 앞에서는 더 당당해야 한다고 생각했다. 그러면서도 한편으로는 아이가 마음속으로 받을 상처의 깊이를 생각하며 주저하는 면도 없지 않았다. 하지만 그날 이후 자유로워진 나는 마음이 한결 편안해졌다.

유치원에서 상담을 끝내고 나오려는데 새롭게 담임을 맡은 선생님께서 그러신다.

"어머니, 다녕이가 정말 예뻐요. 아이들한테도 인기가 많아요. 입양을 하셨는데도 어쩜 그렇게 예쁘게 키우셨어요?"

순간, 다시 자유롭지 못함을 느꼈다. 물론 다녕이를 칭찬하고 싶었던 선생님 마음은 이해가 가지만… 아직도 갈 길이 멀구나. 입양을 경험해 보지 않은 선생님으로서는 그렇게 표현할 수도 있겠구나.

훌쩍 자란 다녕이는 입양을 이해하기 시작한 다섯 살 동생에게 교육도 한다. 말하는 기술이 서툴러 가끔 틀린 말을 하기도 하지만, 그럴 때는 옆에서 약간 교정만 해주면 된다. 다녕이가 마음 아파하던 시기도 있었고, 그런 딸을 보며 괜히 이야기했나 후회하기도 했지만 어

려움이 있었기에 더욱 단단하게 더욱 건강하게 자란 큰 딸을 보면 작은딸도 걱정이 없다.

어느 날, 미혼모에 관한 프로그램을 같이 보고 있었는데 평소와 다르게 다녕이가 통 말이 없어 넌지시 물었다.

"다녕아, 낳아 준 엄마가 보고 싶어서 그러니?"

"아니, 그냥… 날 낳아 준 엄마도 잘 살았으면 좋겠어."

순간 다녕이의 따뜻한 마음이 느껴져 참 대견스럽고,

한편으론 마음 예쁜 아이로 잘 키운 것 같아 뿌듯했다.

엄마도 네 살 차이 언니와 싸우고 놀기를 반복했단다. 지금은 각자 결혼을 해서 떨어져 살긴 하지만 엄마에게 언니는 남편 못지않은 동반자란다. 너희도 세상을 살아가면서 서로에게 무엇과도 바꿀 수 없는 보물이 되어 줄 거야.

하나보다 둘, 둘보다 셋

오은별 가족

사랑을 나누어 줄 줄 아는 넉넉한 마음의 멋진 아빠, 그 사랑으로 인해 지금의 사랑스러운 열매를 맺은 엄마 그리고 그 사랑 속에 태어난 주님의 선물 우리 딸 오은별.

하나보다는 둘이 행복하고 둘보다는 셋이 더 행복하다는 걸 깨달으며 감사하는 마음으로 살아갑니다. 5년이라는 긴 시간 동안 고민하다가 입양 결정을 했답니다. 지금 생각하면 그 시간이 너무 아깝다는 생각에 후회스럽습니다. 좀 더 빨리 결정했더라면 지금 은별이에게 동생이 있을 수도 있지 않을까 하며 말이죠.

우리 부부는 은별이로 인해 새로운 인생을 살아갑니다. 세상을 바라보는 눈이 사랑의 눈으로 변화되면서 시야도 달라지고 언제 어디서든 부끄럽지 않은 부모가 되기 위해 항상 노력하며 살아가게 되었답니다.

백일도 안 되어 우리 품에 온 은별이가 어느새 훌쩍 자라 좋아하는 친구가 생겨 그 친구랑 결혼한다고도 합니다. 무엇보다 은별이 덕분에 아빠 엄마

는 하나님의 자녀가 되었답니다. 은별이 백일날 은별이를 품에 안고 처음 교회에 간 후로 우리 가족은 주일마다 손을 잡고 교회에 나가게 되었죠. 한번은 아빠가 일을 하시다가 다리 인대가 파열된 적이 있었는데, 멋진 단풍을 은별이에게 꼭 보여 줘야 한다며 회복 단계이긴 했지만 목발을 양쪽으로 짚고 속리산에 갔답니다. 전 너무 걱정되었지만 정작 아빠와 딸은 연인처럼 서로를 부축하며 조심조심 잘 다니더라고요. 아빠와 딸 사이 끈끈한 사랑을 알려 준 행복한 여행이었습니다.

은별이는 지금도 말합니다. 그때 아빠가 다리가 아픈데도 함께 산에 다

녀왔다고… 산 위에서 따뜻한 율무차도 함께 마셨다고… 나뭇잎 색깔이 무지개처럼 아름다웠다고… 요즘도 그립다는 표현을 하며 이야기하네요. 이렇게 아름다운 추억이 가족을 더욱더 단단하게 하나로 묶어 주고 행복을 느끼게 합니다.

입양은 그저 가족이 되기 위한 한 방법일 뿐인데, 옆집 가정처럼 우리도 평범하게 행복을 바라며 사랑하며 살아가는 가정일 뿐인데… 은별이가 자라면서 입양이라는 단어 때문에 상처받지 않는 그런 사회가 되길 바랍니다. 은별이와 아빠와 엄마는 작은 일이라도 함께 도모하며 언제나 하나가 되어서 살아갈 것입니다.
입양 가족 여러분, 언제나 파이팅입니다.

우리 손 꼭 잡고 함께 가자

세 아이를 키우다가 넷째를 입양하여 네 아이의 엄마가 되었습니다. 아이 키우는 것이 쉬워 보여서도 아니고, 아이 키우는 것을 즐겨서도 아닙니다. 그냥 동생이 있으면 좋겠다는 아이들의 마음이 예쁘고, 형 누나와 같이 자라면 넷째도 마음이 넉넉한 아이로 잘 자랄 것 같아 용기를 내어 입양을 했습니다.

예상대로 처음 2년은 좀 힘들었습니다. 두 딸이 기쁘게 동생을 봐주며 많이 도와주었지만 네 아이를 먹이고 키우는 일은 참 손이 많이 가고 늘 정신이 없었습니다. 그러나 네 아이가 뿜어 내는 기쁨과 활력 덕에 힘든 순간을 넘길 힘이 생겼고, 이제 돌이켜 보니 잠깐이었던 것 같습니다.

우리 여섯 식구는 명절이면 주차장이 되어 버리는 경부고속도로 버스전용차선을 씽씽 신나게 달립니다. 그럴 때마다 아이들은 이 모두가 입양한 동생 덕이라고 기뻐합니다. 그러다 가끔 달리는 차 창문을 열고 옆에 서 있는 차들을 향해 "입양하세요. 버스전용차선 달릴 수 있어요" 하고 소리치기도 합니다. 남들이 들으면 웃겠지만 우리 가족은 이런 사소하고 엉뚱한 상황에서 행복을 느낍니다. 아이들이 커가면서 앞으로도 늘 그럴 거라는 생각이 듭니다. 어렵고 힘든 상황에 부딪치더라도 사남매가 서로 돕고 격려하면서 어려움을 같이 극복하리라 생각합니다.

– 사남매 엄마

임예서 가족

40대 중반에 얻은 아들 예서 덕분에 삶의 의미를 다시 확인한 아빠, 아기를 부담스러워하던 새침데기에서 2남 2녀를 두게 된 엄마, 띠동갑 막내에게 엄청난 동질감을 느끼는 큰딸 예림, 막내의 전속 사진사 작은딸 예솔, 형 노릇 하느라 하루가 모자란 큰아들 예찬, 마지막으로 우리 집 꼬마대장 임예서.

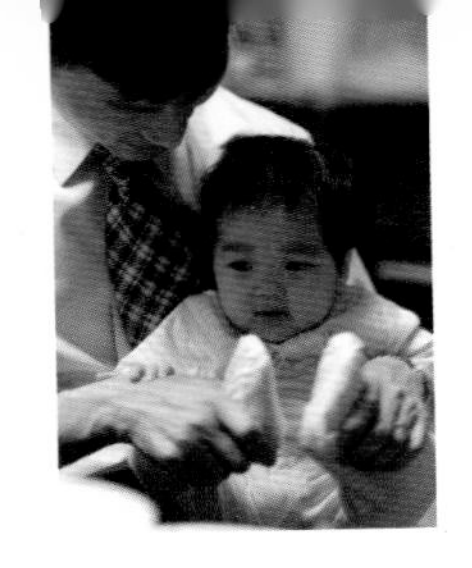

나이 마흔넷에 넷째 아이를 입양했습니다. 그렇다 보니 제가 50줄에 접어들도록 막내아들은 초등학교 입학도 못 했었지요. 아들 친구 아빠들을 보면 대부분 30대의 탱탱한 모습인 데 반해, 저는 얼굴엔 주름 가득, 정수리 머리숱은 점점 헐렁, 옆머리는 백발이 되어 가는, 영락없는 늙은 아빠입니다. 그래도 저는 아들을 그 누구보다 사랑하는 열정적인 아버지입니다. 얼마 전 휴일 오후, 아들과 산책을 나갔습니다. 아들은 걸음이 제법 빨라지고 동작도 날렵해져서 제 손을 놓고 저만치 앞서 걸어가기도 합니다. 동네 뒷산 개울에서 도롱뇽 알을 발견했습니다. 곤충에 유난히 관심이 많은 아들이 도롱뇽 알을 집에 가져가 키우고 싶어 해 얼떨결에 저는 도롱뇽 알을 한 움큼 담아 집에 들고 왔습니다. 잘 키워 자연으로 다시 돌려보내기로 약속하고 말입니다. 아내와 딸들은 기겁을 했지만 저는 아들을 위해 채집통에 물을 담고 도롱뇽 알을 조심스레 넣었습니다. 아들은 매일 도롱뇽 알을 관찰하고 도롱뇽 그림을 그리며 즐거워합니다. 그 후 저는 아들에게 최고의 아빠가 되었습니다. 도롱뇽 알을 잡아 준 사람도 아빠! 도롱뇽을 위한 집을 만들어 준 사람도 아빠! 아들은 세상에서 아빠가 제일 좋답니다. 아빠가 세상에서 제일 멋지답니다. 그 말을 한 번도 아니고 벌써 여러 날째 해주었습니다. 그때마다 기분이 얼마나 좋은지요. 좋은 아빠, 멋진 아빠 되기 참 쉽습니다. 아들의 칭찬 덕에 50대 아빠는 30대 아빠들 못지않게 몸도 마음도 날로 더 젊어지는 것 같습니다. 아들들은 없던 힘도 생기게 하고 어려움도 너끈히 극복하게 하는 제 삶의 활력소이자 영양소입니다.

— 사남매 아빠

다름을 인정하기엔 우린 너무 닮았어

신소연·홍기·소이 가족

외동으로 자라던 소미가 안타까워 둘째 소연이를 입양했습니다. 어느덧 홍기와 소이까지 세 아이 입양으로 행복이 세 배가 되었습니다.

중학교 2학년까지 외동딸로 자라던 소미 아래로 세 아이와 입양이란 방법으로 가족이 되어 행복하게 살고 있는 네 아이 아빠입니다. 소미에게 동생을 만들어 주려고 2007년 5월 소연이를 입양하였습니다. 입양 모임에 열심히 참여하다 보니 다른 입양 가족과 은근히 경쟁(?)도 되고, 소연이에게도 외롭고 힘들 때 서로 의지할 수 있는 동생을 만들어 주자는 생각에 겁도 없이 연년생 홍기 군을 입양했답니다. 홍기가 막내라고 생각했는데 그놈의 경쟁심이 또 발동해서는… 입양특례법 시행 전 입양 숫자가 현저히 줄어들 때 숟가락 하나 더 놓으면 되지 않겠냐는 생각으로 막내 소이까지 입양해 여섯 식구가 되었습니다.

식구가 많으니 차도 6인승 이상은 되야 하고 서로 엄마

PARIS
LOS ANGELES

의 사랑을 더 많이 받으려고 하니 늘상 조용할 날 없이 시끌벅적하지만, 막내 소이가 얼마나 재롱을 잘 부리고 귀여운지… 입양 안 했으면 이런 기쁨을 못 누렸겠지요?
아이들과 놀아 주기 힘에 부치는 나이다 보니 마당 있는 전원주택으로 이사해 리얼 야생으로 재미나게 살고 있습니다.

아이들은 가정의 품에서 사랑받을 때 가장 아름답습니다.
입양 다음 해부터 해외입양인 모국 방문 홈스테이에 빠지지 않고 참여하여 많은 해외입양인들과 인연을 맺었습니다. 세상이 좋아져 SNS로 소식을 주고받고 있습니다. 국내 입양이 더욱 많이 되었으면 하는 바람입니다.

너희와 함께라면

강지원·규원 가족

결혼 6개월 만에 급성 백혈병 진단을 받은 엄마는 아빠의 지극정성으로 다시 생명을 얻었습니다. 10년 완치 기간을 넘기고 소중한 아들딸까지 얻어 그 어느 때보다 행복하답니다.

병마와 싸워 이긴 우리 부부에게 10년 만에 축복처럼 찾아온 아들 지원이와 딸 규원이. 우리 아이들을 처음 만나 벅차던 순간이 얼마 전인 것 같은데 아이들이 부쩍 자랐다. 여느 엄마처럼 아이를 키우는 하루하루가 힘들 때도 있지만 가슴 가득 다가오는 행복이 더 크기에 오늘도 어제보다 더 사랑하며 살아갈 수 있는 것 같다.

상상을 초월하는 말과 행동으로 갈수록 귀염둥이가 되어 가는 딸과 그 매력에 흠뻑 빠져 딸 바보가 되어 가는 남편, 그리고 점점 상남자가 되어 가는 우리 아들.

남매가 투닥거리며 하루 종일 서로 와서 일러 대고 말썽 부리고 할 땐 나도 모르게 소리도 지르고 혼도 내면서 키웠는데, 어느덧 동생을 돌봐 주고

업어 줄 만큼 자란 아들 모습에 저절로 흐뭇한 미소가 번진다.
우리 아들딸을 통해 아빠 엄마가 진정으로 성숙해지고 인생의 참맛을 느끼게 되었단다. 고맙고 미안하다. 너희가 내 아이들이라는 게 고맙고, 충분히 잘해 주지 못하는 것 같아 미안하고… 엄마는 항상 부족한 존재인 것 같다. 그래도 너희를 향한 엄마 아빠의 사랑만큼은 벅차도록 가득하다는 걸 잊지 말아 다오.
강아지들, 사랑한다.

시끌벅적 딸부잣집

조아영·윤아 가족

큰딸 수아를 키우다가 둘째딸 아영이를 2007년 4월에, 셋째딸 윤아를 2011년 10월에 입양했습니다. 조용한 아빠와 성깔 있는 엄마, 고집 있는 큰언니, 애교쟁이 작은언니, 씩씩한 막내가 닮은 듯 다른 듯 어울려 살고 있습니다.

동갑내기 맞벌이 부부인 저희는 수아를 낳고 7년을 키우면서 아이에게 부모가 줄 수 있는 가장 큰 선물은 신앙과 가족이란 생각이 들어 부모로서 부족한 점이 많지만 용기를 내어 입양 신청을 했습니다. 모든 것은 하늘의 뜻에 맡긴 채 연락을 기다렸습니다.

다행히 너무나 예쁘고 사랑스러운 아영이를 보내 주셔서 행복하고 감사한 시간을 많이 갖게 되었습니다. 사랑이 많은 아영이를 보면서, 그리고 아영이라는 동생이 생기고 나서 큰딸 수아가 달라진 모습을 보면서 우리 부부는 잠깐 셋째를 생각했으나 제가 병을 얻고 나서 포기했습니다. 몸이 좋아지면서 셋째를 키우고 싶은 마음에 다시 입양을 신청했으나 남편과 시댁의 반대로 없던 일로 하게 되었습니다. 그러고 나서 1년 후 죽음의 문턱에 갔다 온 친구를 만난 뒤 남편은 바오로의 회심처럼 마음을 돌려 아영이 키울 때처럼 도와주진 못하겠지만 저만 자신 있으면 셋째를 키워 보자고 하더군요. 열의에 차 다시 문의하니 신청이 취소된 게 아니고 보류

된 상태라 입양이 빨리 진행될 거라고 했습니다. 한 달 반 후 셋째 윤아가 우리 집에 왔습니다.

처음 윤아를 맞이할 때의 벅찬 가슴과 희망찬 열의가 식어지고, 내 안의 포악한 악마 근성이 나타날 때마다 아이들에게 너무나 미안하고 저 자신이 부끄럽고 창피하기도 합니다. 하지만 우리 가정이 수도원처럼 조용하지 않고 웃다가 울고, 다정하다가도 성질내고, 싸웠다가도 화해하며 살아 움직이고 있음에 감사하기도 합니다. 내일은 오늘보다 덜 소리 지르고 더 사랑으로 대해야지 결심하며 잠을 청하곤 하는데, 과연 내일은 오늘보다 나을까요?

아이러니하게도 남편은 아영이 키울 때보다도 더 많이 도와줍니다. 집에 있을 때는 윤아 밥 먹이고, 기저귀 갈고, 옷 갈아입히고, 씻기고, 우유 먹이고, 재우는 것까지… 이러니 저도 넷째를 아니 생각할 수 없지만 나이도 있고, 체력도 따라 주지 않으니 다른 분들에게 양보(?)해야겠지요?

입양편지

신학기가 시작되는 3월이면 아무리 바빠도 꼭 하는 작업이 하나 있는데, 바로 선생님께 '입양편지'를 쓰는 것이다. 부모인 우리와 당사자인 딸을 위해, 선생님과 반 친구들을 위해 매년 쓰고 있다. 그러다 보니 학년 초 상담 시간에 기억했다 말씀해 주시는 선생님부터 잘 받았다고 전화 주시는 선생님까지 반응도 다양하다. 공통점이 있다면 한결같이 존경스럽다는 반응이다. 그런데 이번에는 선생님이 손수 답장을 써 주셨다. 편지를 보낼 때는 잘 몰랐던 감동이 몰려왔다. 아마 선생님도 우리의 입양편지에 이런 감동을 받지 않으셨을까 생각해 본다.

선생님은 예린이가 유자녀인 첫째와 너무 닮아 입양 가족이라 전혀 생각지 못했다고 쓰셨다. 사실 우리 가족은 "입양했어요!" 하고 말하지 않으면 잘 모를 만큼 닮

김예린 가족

입양을 몸소 실천한 아빠, 행복한 가족 만들기 일등 엄마, 동생을 잘 챙기는 오빠 영광, 우리 가족 분위기 메이커 예린.

았다. 그냥 낳은 아이로 생각하고 일반 가정처럼 살라는 친척분도 계셨다. 하지만 우리 가족은 그럴수록 기회를 더 만들어서 입양에 관한 대화를 유도하고 가정의 소중함과 다양성에 대해 이야기하곤 했다. 우리 가족이 입양에 대한 건강한 정체성을 공유하는 것이 제일 필요했고, 학년 초에 편지라는 매개체를 통해 가족 간에 입양을 주제로 대화를 함으로 긍정적이고 건강한 마인드를 심는 것 이상의 효과가 있었다고 생각한다.

이웃들이 가지고 있는 입양에 대한 막연하고 불완전한 편견을 극복하고 오히려 긍정적 인식으로 변화되도록 하려면, 우리 가족이 건강하게 보여야 할 것이다. 그럴 때 올바른 입양 인식을 심어 줄 수 있을 것이다. 입양에 대해 나누다 보면 의외로 입양을 하고 싶어 하고

부러워하는 사람들이 많다. 입양 가족이란 말에 낯설어 하기도 하지만, 자신의 지식과 상상력을 동원하여 평소 궁금하던 것을 이것저것 물어보기도 한다. 하지만 잘못 알고 있는 것도 많다. 입양 이야기를 하면서 터무니없는 환상 속에 갇힌 잘못된 입양 선입관이 하나씩 교정되고, 우리 가족의 이야기를 들으면서 입양에 대한 긍정적 평가가 많아지는 것을 본다. 입양 가족으로서 자부심과 긍정적 파급효과를 위해서라도 더 많은 대화와 사랑을 전하는 드러냄으로 입양에 대한 편견과 맞서야겠다.

입양 가족들의 소중하고 아름다운 이야기가 사람들에게 행복하게 오르내리길 바란다.

떴다 떴다 비행기

서에스더 가족

2007년 봄 에스더가 우리 둘째 딸이 되었습니다. 힘들어도 지켜 줘야지 했는데, 에스더가 가족이 되어 아빠 엄마를 지켜 주고 있음을 깨달습니다.

에스더 네가 좀 자라면 언니와 이런 대화를 나누게 될지도 몰라.

"노아 언니, 언니는 엄마가 낳았고 나는 입양했잖아.

그러면 아빠 엄마는 나보다 언니를 더 사랑하지 않을까?"

"음… 엄마 아빠한테 물어보자."

에스더가 이런 질문을 하는 첫 번째 사람이 아빠와 엄마였으면 좋겠고,

이러한 질문을 하기 전에 조금의 망설임도 없었으면 좋겠구나.

에스더 너를 사랑한단다.

가족꽃이 피었습니다

Father Mother I Love You

입양 가족 지음

창비

누나 좋아~

이윤수·준수 가족

맞벌이를 하며 외동딸 세영이를 키우다 2007년 윤수를, 2011년 준수를 가슴으로 낳은 아빠 엄마는 개구쟁이 아들들 덕분에 매일 새로운 나날을 보내고 있습니다.

어느 날, 외동딸 세영이가 학교에서 얼굴 모양 쿠키를 네 개 만들어 가져왔습니다. 하나는 아빠 꺼, 또 하나는 엄마 꺼, 그리고 세영이 꺼. 아주 작게 만든 쿠키는 동생 꺼라며 처음으로 동생 있는 친구들이 너무 부럽다고 합니다.

그전부터 아빠는 입양에 대해 자연스럽게 얘기해 왔고, 맞벌이로 바빠 망설이고 있던 엄마는 혼자 노는 게 익숙하고 혼자서 책 읽기를 좋아하는, 자랄수록 외로워 보이는 딸아이를 위해 입양에 대해 적극적으로 고민하기 시작했습니다.

많은 생각과 많은 고민과 많은 대화를 나누고 결정을 했습니다. 입양기관에 서류를 내고 교육을 받고 모임에 나가고… 4개월의 기다림 끝에 살짝 봄기운이 느껴지던 2월 마지막 날, 태어난 지 1개월 25일 된 아들 윤수를 가슴으로 낳게 되었습니다.

윤수를 만나기 위해 기다리던 그 순간, 가슴이 떨리다 못해 뜨거워짐을 느끼던 엄마는 '아, 가슴으로 낳는 게 이런 거구나…' 했답니다. 좋은 엄마가 될 수 있을까 하는 두려움, 주위의 관심 어린 걱정과 우려가 있었지만 윤수는 기다림과 축복 속에 우리 가족이 되었습니다. 사람들은 사랑을 새롭게 만들기 위해 가족들이 애써야 할 거라고 쉽게 말했지만, 윤수를 만나는 순간부터 내 아들이기에 내 동생이기에 가족이기에… 사랑을 만들기 위해 애쓸 필요는 없었습니다. 입양도 출산과 다르지 않은 과정일 뿐이니까요.

다시 육아를 해야 하다 보니 엄마 몸은 고되었지만, 모든 관심이 동생에게만 쏠려 누나는 서운한 맘도 있었겠지만, 쌓여 가는 집안일은 적잖이 아빠 몫이 되곤 했지만… 마치 오래전부터 그래 왔던 듯 윤수는 우리에게 처음부터 없어서는 안 될 존재였습니다. 정말 사랑스러웠습니다. 동생을 사랑하는 우리 집 큰딸 세영이도 너무나 사랑스럽습니다.

"네 동생하고 넌 하나도 안 닮았더라" 하는 친구 말에

takes no
of time

“당연하지. 우리 윤수는 입양했으니까 나랑 안 닮았지” 하는 세영이가 동생을 당당하게 생각하고 사랑하는 것처럼, 우리 윤수도 자신을 존중하고 사랑하는 당당한 아이로 자라기를 매일 간절히 바라고 기도했습니다.
그렇게 아들 윤수를 키우다 윤수에게 입양 동생을 만들어 주고 싶어 2011년 3월에 막내 준수도 입양하게 되었습니다. 입양을 해보니 많은 사람이 동기나 절차 등 입양에 대해 막연한 선입견과 편견을 갖고 있다는 걸 알게 되었습니다. 적어도 저는 제 주변 사람들에게라도 제대로 된 정보를 알려 줘야겠다는 생각이 들었습니다. 그래서 입양에 대해 궁금해하거나 잘못 알고 있는 사람들에게 건강한 입양 이야기를 자주 하곤 합니다. 입양은 가족이 되는 방법일 뿐이고, 출산과 마찬가지로 부모 자식이 되는 방법이라고요. 윤수 준수를 통해 엄마 아빠는 주변을 더 많이 둘러보게 되고, 더 많이 생각하게 되고, 다양함을 인정하는 폭넓은 시선을 갖게 되었습니다.

사랑하는 아들들이 우리 품에 와준 것도 고맙고, 커가는 모든 시간이 참 감사할 뿐입니다. 우리 아들들이 입양에 대해 당당하게 받아들이고 당당하게 이야기할 수 있도록 엄마 아빠는 열심히 공부하고, 열심히 입양 가족을 만나고, 더 건강하게 열심히 살아갈 겁니다. 우리 아이들을 위해서요.

우리 가족은 입양을 했습니다.
그리고 누구보다도 윤수 준수를 사랑합니다.
내 자식이기에… 내 동생이기에…
그래서 참 행복합니다.
입양은 그 순간이 사랑입니다.
애쓸 필요도, 애써야 할 필요도 없는 사랑입니다.
우리 가족 모두가 그렇게 윤수와 준수를 사랑하고 있으니까요.

나도 엄마 배 속에 있었어요?

아니, 배보다 엄마 심장에 더 가까운 가슴으로 낳았지

늦둥이 아빠 엄마가 되다

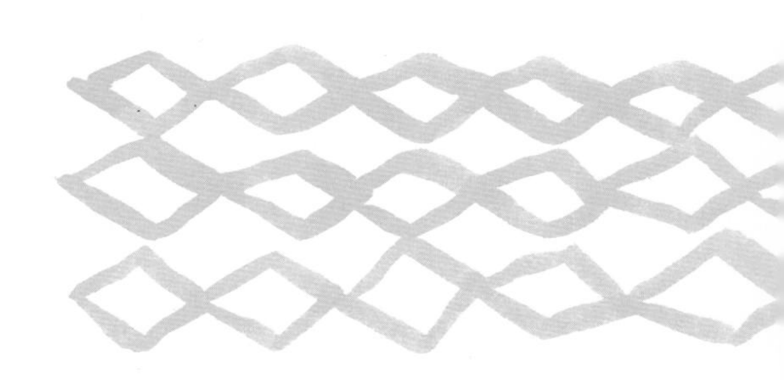

2007년 2월, 우리 네 식구에게 커다란 변화가 생겼다. 막내딸 은별이를 얻은 것이다.
나는 그렇다 치고 아내의 나이 53세에 의학적으로 가능한 일인가? 남들은 손주를 보는 나이에 웬 늦둥이냐고 할지도 모르지만, 근 10개월 가슴앓이를 하며 낳은 막내딸, 작은 아이와 무려 스물세 살 터울인 은별이는 우리 집안의 경사가 아니고 무엇이겠는가?
돌이 지나 아장아장 걷는 딸아이를 안고 밖에 나갔을 때 사람들이 "손주 보셨군요" 하며 예쁘다고 인사치레를 하면 당혹스러울 때가 한두 번이 아니었다. 그렇지만 엄연한 우리 막내 아이기에 자신 있게 내 아이라고 이야기하면 대부분의 사람들이 반신반의하는 얼굴이지만, 은별이는 그야말로 금지옥엽 우리 가족의 행복이요 기쁨이다.

박은별 가족

2007년 2월 15일 생후 1개월 된 은별이가 늦둥이로 가족이 되었습니다. 쉰 넘은 나이에 입양한 금지옥엽입니다. 은별이 몸짓 하나 말 한마디가 우리 가족을 행복하게 하고 더욱 젊게 살아야 할 이유가 됩니다.

딸 은별이를 얻기까지 꽤 오랜 세월이 걸렸다.
언젠가 매스컴을 통해 우리나라가 OECD 가입국 가운데 해외 입양을 네 번째로 많이 보내는 고아수출국(?)이라는 사실을 접하고 충격을 받지 않을 수 없었다. 물론 과거에는 한국전쟁으로 많은 고아가 생겼고 경제적 어려움 때문에 어쩔 수 없는 일이었겠지만, 국민 소득 2만 불 시대에 이른 지금까지 오명을 안고 있는 현실이 부끄럽기 짝이 없었다.
정부가 나서서 5월 11일을 입양의 날로 정하고, 2007년부터는 '입양대상아동'으로 결정된 아이의 해외 입양을 5개월 동안 통제하고 국내 입양을 우선하는 제도를 시행하면서 국내 입양이 많이 늘고 있지만, 여전히 1만 9천여 명의 아이들이 고아원에서 자라고 있다.
전투복을 입고 전방과 후방 곳곳을 누비던 30년 성상의 힘들고 어려운 군 생활도 뒤돌아보면 지금의 내가 있기까지의 과정이며 감사할 일임을 깨닫는다. 나의 신앙양심 한편의 사랑, 나눔, 베풂의 실천을 위한 가장 뜻깊은 일이 무엇일까 고민하던 중 "네 손이 선을 베풀 힘이 있거든 마땅히 받을 자에게 베풀기를 아끼지 말며"(잠

언 3:27)라는 성경 말씀을 통해 천하보다 귀한 생명을 위한 일이 최선이라는 생각이 들었다.

가족회의를 갖고 신생아 입양을 결정한 다음 2006년 5월 입양기관을 찾았다. 그러나 안타깝게도 이미 만 50세가 넘어 입양 부모의 나이는 50세 이하여야 한다는 법 조항에 걸려 신생아 입양은 불가한 상황이었다.

유아 입양을 고려하기도 했으나 한번 결심한 일을 포기할 수 없었다. 다시 입양기관을 찾아 입양하려는 이유와 관련 서류를 제출했다. 그러면서 2006년 6월 홀트아동복지회 입양 부모 모임인 한사랑회에서 주관하는 1박 2일 가족 캠프에 참여할 수 있었다. 행복한 입양 가정의 참 사랑, 참 행복의 모습을 보고, 우리가 꿈꾸는 천국을 만들어 가는 천사(!)들을 보고는 아쉬움 속에 돌아와야만 했다.

오랜 기다림 끝에 희소식이 들려왔다. 2006년 12월 관련법이 개정되어 부모 나이 조건이 50세 미만에서 60세 미만으로 바뀐 것이다. 10개월여 가슴앓이 끝에 2007년 2월 미혼모에게서 태어난 생후 32일 된 아이를 품에 안을 수 있었다.

인연과 운명은 묘한가 보다. 발육 상태가 좋지 못한 갓난아이는 결혼 초 조산으로 먼저 하늘나라로 보내야 했던 첫아이와 꼭 닮아 있었다. 아이 이름을 짓기 위해 가족회의를 열었고, 마침 말년 휴가를 나온 작은아이의 제안으로 '은혜의 별, 은혜를 베풀다'라는 의미로 '은별'이라 부르기로 했다.

처음 아이가 우리 집에 올 때, 아빠가 바람피워 낳은 아이를 아내가 마지못해 키운다는 둥, 큰아들이 사고 쳐 낳은 아이 부모가 대신 키운다는 둥 남의 말 하기 좋아하는 이웃들의 입방아에 곤혹스럽기도 했다. 하지만 신경 쓸 겨를도 없었다. 당장 아기에게 필요한 침대며 이불, 분유, 기저귀 등을 구입하기 위해 인터넷에서 몇 시간씩 검색해야 했고, 두 시간 간격으로 분유를 먹는 아이를 늘 곁에서 보살피는 아내가 안쓰러워 밤중에 같이 일어나 물의 온도와 양을 조절해 분유를 타서 주고 목욕시키는 것을 도와야 했다. 백일이 될 쯤엔 어찌나 잠투정이 심한지 아이를 안고 거실을 다니며 어설픈 동요를 불러 주며 재우곤 했다. 당시는 물론이거니와 지금 생각해도 결코 쉬운 일이 아니었다. 어느 날은 부부 침

대 옆 아기 침대에서 자던 은별이가 새벽에 보이지 않아 깜짝 놀랐다가 침대 틈새에서 나는 울음소리에 가슴을 쓸어내리기도 했다.

비교적 건강했지만 어쩌다 몸이 아플 때면 심하게 앓아 온 집안 식구가 밤잠을 설치는 일도 부지기수였다. 식중독으로 인한 탈수현상에 거의 1주일을 병원에 다니느라 아이 얼굴이 반쪽이 되었을 때는 차라리 내가 아프고 말지 하는 마음이 절로 들었다. 그래도 이러한 긴장이 생활의 활력이 되어 주어 감사와 기쁨의 삶을 살 수 있었다.

멀리 외국에서 해운회사에 다니는 큰오빠는 물론, 떨어져 사시는 할아버지, 서울 외할머니와 대구 이모 할 것 없이 친지들이 자주 전화해 아이 안부를 물어 오곤 한다. 우리 부부의 생활이 아이에게 집중되다 보니 작은 아들은 자기 어렸을 때도 저렇게 해주었나 하면서 은근히 질투를 하기도 한다.

흉악한 일도 많이 일어나고 각박한 사회인 것 같아도 예쁜 아이 옷이나 분유, 기저귀 등을 기쁜 마음으로 전하며 축복해 주는 따뜻하고 고마운 이웃과 친구들이

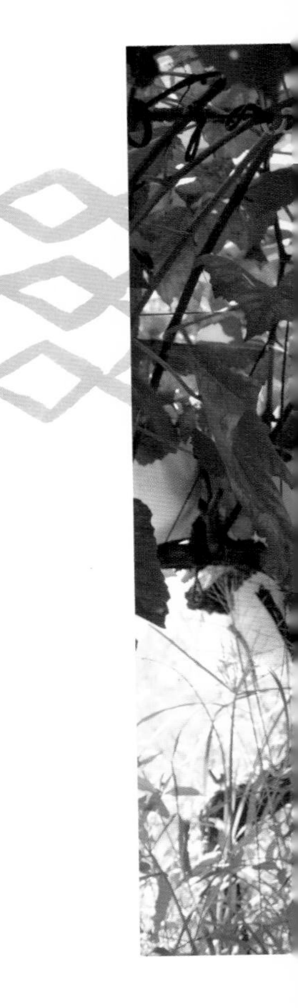

있어 얼마나 감사한지… 아마도 우리 사회가 이러한 분들 때문에 지탱되어 가는 게 아닐까 싶다.
그러나 걱정이 없는 것은 아니다. 아이가 자랄 때까지 교육을 잘 받을 수 있도록 지원해 줘야 할 것이고, 그 밖의 경제적인 뒷받침도 해줘야 할 것이고, 아이가 입양아라는 사실을 알고 갈등을 겪을지도 모르고, 아이가 결혼할 나이가 되면 팔순이 될 우리 부부는 그때까지 건강도 유지해야 한다. 생각할수록 걱정은 늘어 가지만, 한편으로는 이러한 걱정이 오히려 열심히 살아야 할 이유이기도 하다.

지금까지 나 자신을 위해 앞만 보고 살아왔으니 이제는 주변을 살펴볼 때도 되지 않았나 생각해 보며 아이를 처음 만난 날부터 생겨난 추억거리와 에피소드들을 입양일기로 사진을 곁들여 쓰고 있다. 정부와 지자체에서 입양인에게 제공하는 약간의 보조금은 아이를 위한 보험금을 제외하고 전액 복지기관에 기부하고 있다. 또 한사랑회 입양 부모들과의 모임을 통한 정보 교류와 인터넷 홍보를 병행하며 조금은 바쁘게 살고 있다.

결코 내세울 만한 것은 아니지만, 이 글을 통해 다시 한 번 나 스스로 각오를 새롭게 하며 사람들이 조금이나마 입양에 대한 편견을 버리고 관심을 가져 주길 기대해 본다.

단언컨대 입양은 우리 가족의 행복이요 보람이다.

자연스럽게 받아들여 준 두 아이들과 늘 아이 곁에서 희생하는 아내에게 고마움을 전한다. 은별이를 축복해 주는 아름다운 이웃과 친구들에게도 진심으로 축복을 빈다.

낯선 만남

김윤일 가족

2007년 2월 10일 눈부시게 아름답던 날, 윤일이는 아빠 엄마와 만났습니다. 두 돌까지 키워 준 수녀님과도 이별을 해야 하나 두려움 가득하던 윤일이는 이제 아빠 엄마를 보고 환하게 웃어 준답니다.

사랑하는 윤일아~
우리 예쁜 아가가 엄마 아빠에게 온 지도 벌써 5년이나 되었구나.
엄마 아빠가 결혼해서 입양이란 이름의 출산을 선택하고 아빠는 많은 아이들이 입양이 안 된다는 사실에 입양이 잘 안 되는 조건의 아이를 입양하자며 성별은 아들, 신생아 아닌 연장아, 혈액형도 우리 부부와 다른 널 선택했을 때만 해도 이 엄마는 야속함에 토라져 있었단다.
너무 우습지??
그런데 보육원에서 오랜 상담 끝에 너와 맞선을 보던 날은… 뭐라고 표현해야 할까? 밝은 햇살이 쫘~~악 내렸다고나 할까? 남들은 추워 동동거리던 2006년의 2월 10일은 엄마 아빠 생애에 정말 눈부시게 아름다운 날

이었다. 아장아장 걷다 곧잘 넘어지던 25개월의 널 만난 때가 엊그제인 것만 같은데… 네가 벌써 취학통지서를 받고 초등학생이 된다는 사실에 엄마 아빤 너무 놀랍고 감격스럽다.
널 데리러 간 날 낯선 엄마 아빠에게 가기 싫어 뒷걸음질하던 네 모습.
보육원에서의 풍경을 담은 사진에서 어색하게 웃고 있던 네 모습.
우리 집에 와서도 25개월 아가가 단체 생활에 익숙해 혼자서 밥도 먹고 장난감도 치우고 누가 조금만 잘해주면 따라나서던 네 모습.
고집이 세서 뭐든 해보고 말겠다 떼쓰던 네 모습.
손만 놓으면 뛰어다녀 다칠까 봐 동동거리던 이 엄마의 모습까지…
이 모든 게 이젠 추억이 되어 버렸다니… 이렇게 바람처럼 지나갈 날이었다면 이 엄마 아빠가 좀 더 기다려 주고 이해해 줄걸… 돌아보면 정말 아쉬운 것 투성이다!
네가 처음 어린이집에 가던 날, 어린이집에서 처음으로 엄마와 소풍을 가던 날, 초등학교 입학까지… 네가 아니었음 못해 봤을 많은 것을 할 수 있게 해준 우리 윤일이에게 너무 감사해~
부족한 엄마 아빠에게 와준 사랑스런 아들 윤일아~
엄마 아빠가 많이 부족하지만 욕심내지 않을게.
이렇게 건강하게~ 지금처럼 밝게~ 자라 줘~!!

오늘은 어제보다

내일은 오늘보다

더 더 사랑할게~

도토리 사랑을 줍다

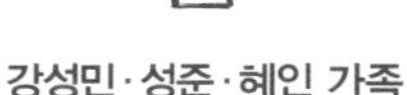

강성민·성준·혜인 가족

두 자녀 밑으로 2007년 성민이를, 2009년 성준이를, 2010년 혜인이를 입양했습니다. 오남매가 늘 지금처럼만 서로 힘이 되어 주며 이 험한 세상을 잘 헤쳐나갔으면 합니다.

자식이 없어서가 아니라 가슴에 묻어 둔 자식이 있었기 때문에 가슴 한편에 항상 무거운 짐이 얹어져 있었습니다(큰딸과 아들 사이에 있던 자식이 태어난 지 얼마 되지 않아 사고로 세상을 떠났습니다). 그러던 어느 날, 남편이 입양을 권하더군요. 처음에는 두렵고 잘할 수 있을까 싶어 고민이 많았습니다. 오랜 시간 생각한 끝에 입양을 하기로 결정했고, 아이들도 동생이 생긴다는 말에 기뻐했답니다.

2007년 한 달 된 성민이를 맞이하는 순간 두려움은 사라지고 잘 키워야지 하는 생각만 들더군요. 작고 고운 성민이의 눈, 코, 입, 손, 발… 안 예쁜 곳이 없었습니다. 서툴지만 숟가락을 쥐려고 애쓰는 모습, 혼자 걸어 보겠다고 뒤뚱거리는 모습이 얼마나 사랑스럽던지요. 그런데 어느 날 문득 누나 형과 나이 차이가 너무 커 성민이가 외롭게 크고 있다는 생각이 들었습니다. 큰아이들이 사회생활을 하면 성민이가 더 외로울 것 같아 동

생을 낳아 주기로 했습니다. 그래서 2009년 성민이처럼 생후 한 달 된 성준이를 맞이했는데, 내리사랑이라고 어찌나 예쁘던지 보고만 있어도 웃음이 나곤 했답니다. 사람 욕심이 끝이 없는지 막내딸이 하나 더 있었으면 좋겠다 싶던 차에 입양기관에서 7개월 된 연장아가 있단 말을 듣고 2010년, 별 고민 없이 흔쾌히 막내딸까지 낳게 되었습니다.

지금은 집이 떠들썩하고 정신이 없지만 서로 사랑받으려고 싸우는 모습을 보면 새삼 가슴이 벅차고 행복한 미소가 저절로 얼굴에 드리워집니다.

첫째 혜림이, 둘째 성진이, 셋째 성민이, 넷째 성준이, 다섯째 혜인이…

우리 오남매 지금처럼만 서로 챙기고 싸우고 울고 웃으면서 이 험한 세상을 잘 헤쳐 나갔으면 하는 바람뿐입니다.

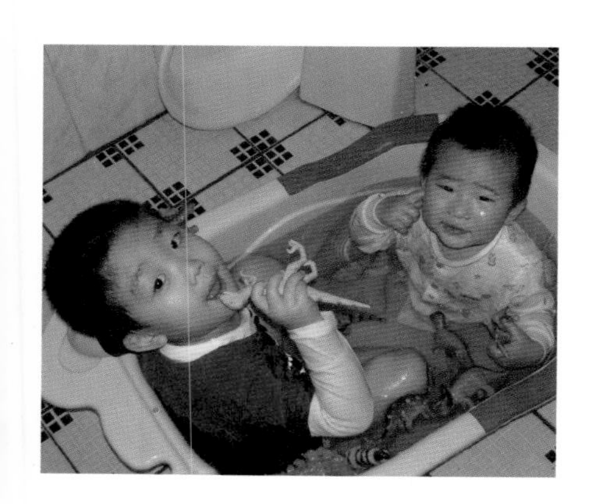

동생이 생겼어요

한 남자와 한 여자가 사랑을 했습니다. 둘은 결혼하여 가족이 되었지요. 곧 아기가 생기면 더 완전한 가족을 이루는 게지요.
그렇게 아기를 기다린 지 10년.
입양이라는 형태로 우리는 가족이 되었습니다. 강이를 가슴으로 낳고 얼마나 행복해하며 사랑했는지… 정말 눈 깜짝할 사이에 5년이 지났습니다.
셋이서도 충분히 행복했기에 엄마 아빠는 강이의 외로움을 애써 모른 척 지냈답니다. 어느 날 강이가 동생을 낳아 달라 해서 엄마는 못 낳는다 알려 주니 그럼 홀트에서 데려오면 되지 않느냐는 말에 우리 부부는 정신이 번쩍 났습니다.
처음 강이를 품에 안으며 가졌던 생각들… 행복한 아이로 키우고 싶다, 입양이 삶의 걸림돌이 되지 않는 당당한 아이로 키우겠다던 결심들… 둘째를 입양하면서 다시금 그 결심과 생각들을 다지며 강이에게 고마움을 느꼈습니다.
우리 현이가 그렇게 가족이 되었습니다. 넷이라는 매우 안정적인 수의 가족이 되기까지 하나님은 모든 것을 계획해 놓고 기다리셨던 것 같습니다.
너무도 닮은꼴의 오누이. 생김새도, 하는 짓도 닮아 있는 아이들을 보면서 입양은 하나님이 계획하신 출산이란 생각을 했습니다. 하나님이 보내 주신 아이들, 행복하게 건강하게 키워야지요. 오늘도 우리 가족은 다정한 오누이를 보면서 행복을 두 배로 즐기고 있답니다.

배강이·현이 가족

아빠는 가구 만드는 일을 하고, 엄마는 그림을 그리면서 작지만 예쁜 집에서 행복하게 네 식구가 살고 있답니다. 아이들이 마당에서 흙장난을 하고 닭들에게 풀을 뜯어다 주며 자연과 함께 건강하게 자랐으면 하는 맘으로 시골에서 소박하게 살고 있답니다. 강이는 2006년 4월, 현이는 2010년 12월 입양했습니다.

입양은 설렁탕?

입양은 중독성이 강한 맛있는 설렁탕과 같은가 보다. 맑은 국물에 고기와 국수, 그리고 파와 몇 가닥의 묵은 김치만 있으면 그 맛에 중독이 되어 먹어도 먹어도 물리지 않고 다시 찾게 되는 것 같은, 입양이 바로 그런 것이라 생각된다. 아빠 엄마의 손길을 거치면서 은서는 너무도 예쁘게 잘 자라 주었다. 은서를 입양하기로 결정하고 주변에 알리면서 많은 사람들의 염려와 걱정 어린 소리를 듣게 되었다. 목회는 어떻게 할 것이며, 엄마는 어떻게 직장을 다닐 것이냐는 이야기들이었다. 염려할 수밖에 없는 상황이었다. 아이를 양육하는 것이 어찌 말처럼 쉬운 일이겠는가? 그러나 우리 부부는 한 생명에게 행복을 안겨 주는 것이 얼마나 소중한 일인가를 행동으로 보여 주고 싶은 마음이었다.

우리 부부는 같은 마음으로 은서를 입양하고 본격적으로 아이 양육에 돌입하였다. 그야말로 군인이 전투에 나가 자신의 몫을 다하기 위해 목숨을 내놓듯, 그런 마음과 자세로 은서를 양육하는 일에 최선을 다하였다. 은서는 잘 자라 주었고 염려하던 주변 사람들은 은서가 우리 가정의 복덩이

박은서·민서 가족

우리 가족은 총 여섯 명입니다. 아빠와 엄마, 큰오빠, 작은오빠, 은서, 민서입니다. 은서는 2006년 2월에, 민서는 2009년 3월에 입양을 했고요. 남녀 3:3의 팽팽한 균형을 유지하고 있는 행복한 가정이랍니다.

라고 칭찬과 격려와 사랑을 나누어 주셨다. 우리 부부는 은서가 세 살이 되던 겨울에 은서의 동생을 입양하기로 결정했다. 은서와 함께 정을 나누며 살아갈 자매를 만들어 주고 싶은 마음이었다.

은서 동생을 입양하기로 마음을 확실하게 먹은 데는 은서의 역할이 컸다. 자신의 몫을 잘 감당해 주면서 엄마 아빠에게는 그야말로 꽃과 같은 존재였기 때문이다. 우리 부부는 은서에게 은서를 닮은 꽃 한 송이를 선물해 주고 싶었다. 지금 그 꽃이 아빠 무릎에서 잠을 자고 있다. 민서가 우리 가족이 된 지 이제 3주. 또다시 낮에는 아빠가 민서를 봐야 하는 수고가 뒤따르겠지만, 내년에 민서가 커서 언니 손을 잡고 동물원을 아장아장 거니는 모습을 상상해 보면 지금부터 흥분이 된다.

부모는 자녀의 행복을 꿈꾸며 양육의 수고를 기꺼이 감당하기를 자원하는 것 아니겠는가? 우리네 부모님들께서도 우리를 그렇게 양육을 하셨을 것이라 믿는다. 부모로부터 받은 사랑을 우리 자녀들에게 나누는 수고야말로 천상에서 생명의 꽃을 피우는 아름다운 일이 아니겠는가? 세상의

모든 아이들은 행복할 권리를 안고 태어났다. 하나님께서 그 사명을 입양 가족인 나에게도 조금 나누어 주셨다고 생각하니 지금 내가 하고 있는 수고는 수고라고 할 것도 없다. 배가 아파 낳은 아이나, 가슴이 아파 낳은 아이나 다를 것이 무엇이 있겠는가? 우리 사회가 입양아에 대한 편견을 갖는다면 그것은 한 사람의 행복을 빼앗는 잔인한 행동이라 생각한다. 이제 태어난 지 갓 한 달을 넘긴 민서의 잠자는 얼굴을 보면서 나는 속으로 이렇게 외친다. '민서야, 아빠 딸이 되어 주어서 참으로 고맙고 감사하단다.' 은서가 처음 우리 집에 오던 날 흥분하였듯이 민서를 보고 우리 가족 모두는 흥분의 도가니에 빠져들었다. 오빠들이 뽀뽀하고 엄마 아빠가 뽀뽀하고 언니가 뽀뽀하니 민서의 볼에서 쉰내가 가시지를 않는다.

입양, 그 살가운 행복. 우리 사회가 이 행복을 함께 나누어 가졌으면 한다. "거기 세상에서 입양의 행복을 경험해 보지 못하신 분들. 입양 가정의 행복을 공짜로 팍팍 나누어 드립니다."

한 편의 시보다 아름다운 삶

사랑하는 딸 조이는 2006년 2월 우리 딸이 되었습니다. 우리 부부는 결혼 후 5년 동안 불임으로 마음고생을 많이 했지만, 조이를 맞이한 후로 입양의 축복 속에 날마다 감사와 기쁨을 느끼며 살고 있습니다. 처음엔 어떻게 안아 줘야 할지도 모를 정도로 조그맣던 조이가 밝고 건강하게 자라 어른들 앞에서 귀여운 짓을 많이 해서 집안엔 언제나 웃음꽃이 떠나지 않아요. 또래보다 신체 발달도 빠르고 말도 아주 잘합니다. 뭐든 가르치면 척척 해내고 기억력도 좋아 다른 엄마 아빠들처럼 '우리 애가 천재가 아닐까?' 착각도 해보며 날마다 웃곤 합니다.

만약 조이를 입양하지 않았으면 우리가 얼마나 많은 것들을 누리지 못하고 살았을까 생각하곤 합니다. 입양은 한 생명이 부모의 사랑을 받으며 행복한 유년기를 보낸

문조이·세반 가족

아빠, 엄마, 조이, 세반! 우리 네 식구는 결혼과 입양을 통해 가족이 되었답니다. 혈연관계는 한 사람도 없고요. 순전히 사랑의 의지만으로 가족을 이뤘어요. 날마다 기쁨과 사랑으로 충만한 조이와 세반이네 가족입니다. 조이의 입양 생일은 2006년 2월 24일, 세반이의 입양 생일은 2008년 12월 23일입니다.

다는 의미도 있지만, 한 가정이 그 아이로 인해 건강하고 아름다운 가정으로 성숙되어진다는 것에 더 큰 의미가 있다고 생각합니다.
조이가 있어 너무나 행복한 우리 가정은 둘째 세반이도 입양으로 만났습니다. 둘째가 오면 우리 가족의 행복은 두 배, 아니 그 이상일 것이라고 확신했는데, 역시 그랬습니다.
아빠와 엄마는 시인입니다. 평생을 한 편의 시처럼 조용하게 살고 싶던 아빠와 엄마는 하나님이 주신 최고의 선물 조이와 세반이로 인해 시보다 아름다운 삶을 살고 있답니다. 멋진 동생을 보내 달라고 매일 기도하던 조이는 소원이 이뤄지자 정말 의젓한 누나가 되었지요. 가끔은 투닥투닥 다투기도 하지만 늘 붙어 다니며 깔깔대는 정다운 남매, 입양으로 인해 날마다 사랑과 기쁨이 샘솟는 조이와 세반이네 가족입니다.

다르면 어떠하리

▲▲▲ 처음 출발은 남들과 좀 다르게 시작한 아들이지만
그 출발선에 누나들이 함께 준비하고 있다.
지금은 누나들이 어린 동생에 속도를 맞추어 뛰겠지만
사춘기 운동장을 지나 달릴 때면
아들이 누나들의 속도에 맞추어 기다려 주고
가정의 든든한 에너지로 앞장서서
가족을 이끌고 목적지를 향해
나머지 운동장을 달려 주리라.

김이삭 가족

결혼 후 두 살 터울로 채연, 호연 두 딸을 출산했다. 둘째가 초등학교에 입학하던 봄 오랫동안 가슴에 품어 왔던 입양의 씨앗을 따듯한 봄의 가정에 심었다. 2006년 2월 28일 사랑스러운 늦둥이 아들을 만나 가족이 되었다.

패밀리가 떴다

입양 전 아버님께 입양에 대해 의논드렸을 때 시아버님은 딸이 아닌 아들을 권유하셨습니다. 종갓집 장손이신 아버님 입장에서는 종손이 없으니 집안일을 같이하려면 딸보다는 아들이 낫다면서… 하지만 전 친구같이 지낼 딸을 입양하려고 마음먹었기 때문에 약간의 충돌이 있었답니다. 심지어 "딸을 입양하려거든 집에 오지도 마라"라는 심한 말까지… 하셨죠.
하지만 지금은 혜영이의 재롱에 푸~욱 빠져 완전 사랑해 주신답니다. 매일 전화로 문안드리고 주말마다 찾아뵙는 일이 조금 힘들기도 하지만, 두 분 부모님이 건강하시길 기도하며 앞으로도 쭈~욱 하렵니다.

"지금까지 40여 년 넘게 살면서 가장 잘한 일이 어떤 것이라고 생각하세요?"
누군가 이렇게 묻는다면 서슴지 않고 대답할 수 있습니다.
"우리 예쁜 토끼를 입양한 일이 가장 가슴 벅차고 행복한 일입니다"라고!

최혜영 가족

혜영이가 있어 행복하다고 늘 노래를 부르는 아빠(그래서 술 모임에도 혜영이를 늘 동반하곤 하죠), 예쁜 토끼에게 아빠의 사랑을 모두 주고도 안타까워하지 않고 더 행복해하는 엄마(학원 일이 바빠 늘 미안한 마음을 갖는 예쁜 엄마) 그리고 아빠 엄마의 예쁜 점만 닮은 예쁜 토끼 혜영. 목소리 크고 사람 만나는 것 좋아하고 노래 부르기 좋아하는 우리 집 보물입니다. 2005년 11월 10일에 태어난 혜영이는 그해 12월 15일 아빠 엄마와 만났답니다.

"지금까지 살면서 가장 아쉬운 점은 무엇입니까?"라는 질문을 받으면, "입양을 좀 더 일찍 하지 못해 아쉽습니다. 혜영이에게 동생을 만들어 주고 싶은데 엄마의 체력이 달려 고민이거든요"라고 답하고 싶습니다.

혜영이는 집안의 막내인 혜영 아빠가 마흔이 넘어 얻은 딸이니 가족 중 가장 막내입니다. 자기보다 스무 살 넘게 나이가 많은 언니 오빠들에게 애교를 부려 기쁘게도 하고 섭섭하게도 하면서 사랑을 듬뿍듬뿍 받으며 자라고 있답니다.

예쁜 토끼 혜영아!
건강하고 밝게 자라 주어 참 고맙다.
아빠 엄마를 비롯한 모든 가족이 널 얼마나 사랑하는지 알지?
네가 자라면서 입양아란 사실 때문에 힘들어하지 않고 가벼운 감기처럼
가볍게 이겨 내길 늘 기도하고 있단다. 예쁜 딸! 잘 이겨 낼 수 있지?

무엇이 무엇이 똑같을까?

▲▲▲ 5월이 되면 다시금 가족에 대해 생각하게 됩니다. 한때는 사랑하는 사람이 옆에 있는데도 아기가 생기지 않는다는 아픔 때문에 옆에 있는 사람이 얼마나 소중한지 몰랐습니다. 명확한 원인도 모른 채 인공수정… 열 번의 실패 후 시험관 시술… 그러나 노력하면 할수록 제 몸은 망가져 갔습니다. 많이 아파하다 입양을 통해 소중한 큰딸 혜윤이를 만났고, 그 사랑에 취해서 행복하게 살다가 둘째 지윤이를 만났습니다. 처음에는 두려움과 설렘으로 한 입양이 나중에는 사랑에 중독되어 당연히 해야 하는 것이 되었답니다.
저는 지금 너무너무 행복합니다.
사랑하는 신랑, 꽃보다 아름다운 우리 두 딸.
바라보는 것만으로도 행복한 우리 가족이 있어서…

아이들로 인해 참 많이 행복합니다.
입양에 대한 우리 아이들의 생각도 진화하는 중입니다. 혜윤이는 아빠 엄마에게 입양되어서 좋다고 하네요. 여행을 많이 가고 아빠가 맛있는 스파게티를 손수 만들어 주셔서 그렇다고 해요. 조금은 엉뚱하지만 입양을

밝게 생각하는 것 같아 엄마인 저는 마음이 한결 편안합니다.
새 학기마다 선생님께 입양 가족임을 대화나 편지를 통해 말씀드리고 있는데, 지윤이 유치원 상담 시간에 선생님께서 놀라운 말씀을 해주셨습니다. 지윤이가 친구들한테 자기는 낳아 준 엄마가 따로 있는데 지금 아빠 엄마가 우리 아빠 엄마이고 사랑한다고 했답니다. 지윤이를 앉혀 놓고 진지하게 입양 얘기를 한 적도 없는데, 입양 모임이나 캠프를 통해 자연스럽게 학습이 되었더라고요. 얼마나 기특하던지…
그런데 선생님은 제가 입양 얘기를 하기 전까지 아이 얘기만 듣고 재혼가정인가 싶으셨답니다. 선생님과 한참을 웃었습니다. 입양 사실을 바르게 공개하는 것이 중요하다는 것을 한 번 더 느끼는 시간이었습니다.

입양… 생각보다 그렇게 어려운 일도, 두려운 일도, 특별한 일도 아닙니다.
입양은 행복으로 가는 천국의 계단입니다.

신혜윤·지윤 가족

아빠 엄마 그리고 우리 집 큰 보물 신혜윤, 작은 보물 신지윤. 이렇게 네 식구가 알콩달콩 살고 있습니다. 우리 집 여자들이 제일 예쁜 줄 아는 팔불출 아빠, 우리 아빠가 세상에서 제일 좋은 못 말리는 딸들. 행복한 딸 바보 가정입니다.

밥 차리느라고 고생이 많아~

우리 집은 사진 찍고 찍히는 걸 무지무지 좋아합니다. 온 가족의 살아 있는 표정이 생생히 봉인된 모습을 화면상으로든 인화된 사진으로든 두고두고 보는 걸 참으로 즐거워하지요. 우리 가족뿐 아니라 우리 가족을 곁에서 지켜보는 다른 가족들도 덩달아 좋아들 하십니다. 그래서 우리 가족은 일 년에 한 번씩 꼭 사진관엘 갑니다. 크리스마스가 다가올 무렵에 가서 1년간 자란 얼굴을 한 명 한 명 반명함판으로 아로새겨 넣곤 하지요. 그래서 반명함판 사이즈의 아이들 얼굴을 매년 다섯 장씩 소유하고 있습니다. 아이들한테 물려줄 보물이에요. ^^

그리고 집에서도 친척과 친구들, 지인들께 보낼 사진을 찍어요. 이왕이면 재미나게 찍지요. 새해를 맞이하면서 우리들의 모습을 인화해 카드로 만들어 사랑하는 사람들에게 보내면, 보내는 우리도 행복하고 받으시는 분들도 반가워하십니다.

세은이를 입양하고 우리 가족이 어떻게 성장하고 있는지 생생하게 그 흔적을 남길 수 있는 게 사진인 것 같아요.

오세은 가족

2005년 2월 27일 세은이가 오면서 우리 가족은 새 가족으로 탄생했습니다. 원찬, 원정, 세은 세 보물이 우리 집을 빛내고 있지요. 아빠 엄마가 열렬히 사랑하고 끊임없이 배우며 살아가는 것이 최고의 유산임을 곱씹으며 매 순간 행복을 추구합니다.

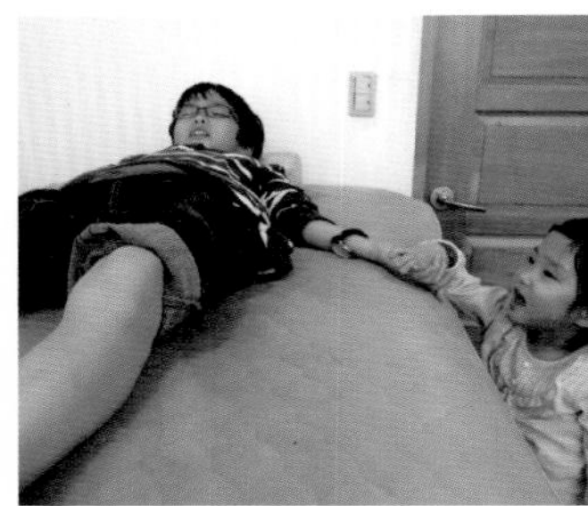

가족은 기쁠 때나 슬플 때나 힘들 때나 좋을 때나 언제나 함께하는 것이고, 사랑을 나눈 행복한 추억이 한 켜 한 켜 쌓여 가면서 가족이란 이름은 더 아름다워지는 것 같아요.

우리 가족은 세은이를 통해 이 세상 모든 생명은 사랑받아 마땅하며 사랑받기 위해 태어났으며 사랑받고 사랑 주며 살아가는 게 인생에서 얼마나 중요하고 소중한 일상인지 깨닫는 행운 인생을 살아가고 있습니다.

엄마의 39번째 생일날이었어요. 세은이랑 오빠들이랑 셋이서 방문을 걸어 잠그고 엄마 접근금지령을 내렸죠. 엄마는 세 아이를 키우면서 건강한 모습보다는 아파서 누워 있는 모습을 많이 보여 줘서 그 점을 늘 가슴 아파하고 미안하게 생각하고 있었어요. 그런데 아이들 셋은 엄마 안 닮고 아빠 닮아서(?) 아주 건강하고 씩씩하게 자라 주고 있어요. 늘 고맙게 생각하고 있지요. 요새 아이들이 싫어할 법한 자연건강식으로 밥상을 차려도 싫은 내색 없이(아마 속으로는 싫을지도!), 아니 오히려 자연의 맛을 즐기며 잘 먹어 주는 아이들이 늘 대견하고 고맙답니다. 세은이가 엄마에게 써준 축하카드를 받곤 엄마는 정말 행복했어요. 이날도 여전히 아픈(?) 엄마가 아이들이 직접 꾸민 축하카드를 받아 들곤 좋아 죽는 순간도 사진으로 남겼지요. 글씨도 삐뚤빼뚤 한글맞춤법도 제멋대로인 세은이의 축하카드 내용을 공개합니다! (원본 고대로^^)

엄마♥에게
내가 가장~~~ 좋아하는 우리 엄마 생일이 벌써 됀내
엄마 HAPPY BIRTH to YOU 엄마 내가 말 않 들을 떼 힘들었지?
민안해 밥 차리는라고 수고 많아 세은이가 날 입양해 조서 고마워!^^

딸랑구가 써준 카드 웃겨 죽겠어요. 철자법도 그렇지만 밥 차리느라 수고 많대요. 아픈 엄마도 벌떡 일으키기 충분한, 사랑의 생명력 가득한 순간이었습니다.

부자산행

유성모·영모 가족

2003년 11월에 성모를, 2008년 3월에 영모를 입양하여 가슴 뿌듯해하며 키우고 있답니다.

하나는 업고, 하나는 끌고
두 아들과 山行에 나선다.
내 살 떼어 먹여도 아프지 않고
내 목숨 대신 주어도 아깝지 않을,
보고 또 보고 싶어 눈물 나는 아이들.

49−6−2=41
여섯 살 소란스러움과 제비꽃 닮은 두 살 터지는 웃음으로
마흔 아홉, 훤한 정수리가 부끄러운 내 나이는
마흔 하나 청년이 되고
나 닮아 가는 아이들 무서워서
비틀대거나 눕지도 못하며 장승처럼 서서 숨을 몰아쉬고

입양은 부끄러운 것이 아니라고
나는 낳아 준 엄마가 다르다고
동생은 우리 집에 잘 찾아온 것이라고
삐약 병아리처럼 종알대며 앞서 바윗길을 헤쳐 가는
큰 아들의 걸음걸이에 이제 사내 냄새가 난다.

사랑한다,
아들아, 내 아들들아.
저 바위산처럼 아빠는 영원히 너희와 함께 있지 못해도
너희가 커가는 만큼씩 혼으로 젊어져서
너희 앞에 비켜서는 바람으로 다시 오리니.

그래도 사랑스러운 우리 딸!

입양 전에는 고민이 많았다. 가장 큰 고민이 혹시 입양 후 크게 아프거나 후천성 기형이 생기면 어쩌나였다. 참 별생각을 다 했다. 그럼 우리 부부가 큰아이 둘째아이 낳을 때 이런 생각했던가? 아니었다! 어리석은 고민이었음을 알았다.

그런데 문제 아닌 문제가 생겼다. 어느새 막내딸에게 사춘기가 찾아왔는지 괜스레 짜증이 늘고 대답을 거부하는 일이 잦아졌다. 두 아들은 언제 사춘기가 지나간지도 모르게 키웠는데 딸내미는 또 다르다. 메시지를 보내도 "네" 아니면 "지금 가요" 다섯 자를 넘기지 않았다. 엄마가 친구 엄마에 비해 나이가 많다고 밖에 나가서는 엄마를 외면하고 피했다. 특히 교회에서 그러면 주위 사람들 보기 민망할 정도였다. 엄마가 아는 척하고 말만 걸어도 심한 짜증을 냈다.

처음엔 야단을 치기도 했는데 그럴수록 사이만 벌어졌다. 함께 자랄 수 있게 언니나 동생을 함께 입양했더라면 하는 아쉬움이 들곤 했다. 처음에는 반항하고 미운 짓만 골라 하는 딸을 이해하기 어려웠지만, 마음을 비

조애인 가족

세 살 때 늦둥이 막내딸로 우리 가족이 된 애인이에게는 든든한 두 오빠가 있습니다. 작고 귀엽던 꼬마 아가씨는 어느덧 예쁜 숙녀가 다 되었답니다.

우고 내려놓기로 생각을 바꾸었다. 속으로 '너 사춘기 지나고 보자' 하면서 다 이해해 주려고 노력했다. 마음을 바꾸니 애인이 눈치 보며 살아가는 재미도 쏠쏠하다.

사실 그러는 딸이 통 마음에 안 들다가도 막상 얼굴을 보고 있으면 퉁명스러운 말투도 사랑스럽고 귀엽다. 자전거를 타고 원주 시내를 돌며 함께 운동하곤 하는데, 해보지 않은 사람은 모를 즐거움이다. 어떻게 이해시키고 어떤 말을 해줘야 할지 난감할 때가 많지만 그래도 기도로 애정으로 슬기롭게 헤쳐 나가고 있다.

"애인아, 아빠 엄마 딸이 되어 주어서 정말 고마워."

우리 가족은 가족사진을 매년 사진관에서 촬영했으나 몇 년 전부터는 야외에서 촬영하고 있다. 남들 다 찍는 평범한 사진보다는 재미있고 율동적인 사진을 촬영하곤 한다. 그중 하나가 삼남매 점프 사진이다. 딸 애인은 가운데서 달려가고 두 오빠는 양쪽에서 점프하고… 이렇게 촬영하는 데는 인생을 달려가는 동생을 두 오빠가 보호한다는 깊은 뜻이 있지만, 아이들은 잘 모른다. 그저 사진 촬영 후 결과 보는 것에 즐거워하며 삼남매는 뛰고 또 뛴다. 때로는 짜증도 내지만 어쨌든 촬영할 때는 즐겁다. 마치고 집에 와서 사진을 보며 아쉬워도 하고 멋있는 장면에는 감탄도 한다. 이 또한 셀프 촬영의 묘미다.

새로운 시작

수아야, 아빠가 아파서 우리 수아에게 많은 것을 해주지 못했지만 그래도 아빠가 얼마나 사랑하는지 우리 수아는 알지? 그동안 우리 수아와 아빠가 함께 살아온 날보다 앞으로 살아갈 날이 훨씬 많으니 우리 행복하게 잘 살아 보자. 사랑해~
아빠의 병들고 힘들었던 지난 모습은 잊어버리고 새로운 출발을 위해 우리 가족 모두 파이팅!

▲▲▲ 우리 수아 입양 후 행복하던 우리 집에 겹경사가 있었습니다. 바로 딸 쌍둥이의 임신과 출산.
그러나 행복하던 우리 집에 가장인 제가 출근길에 과로로 쓰러지는 아픔도 있었습니다. 3년간의 회복 기간을 보내고 새로운 직장에 입사하여 새로운 마음으로 새로운 일을 시작하기 전, 그동안 고생한 엄마와 언니 노릇 하느라 재롱 한번 제대로 못 부린 우리 수아를 위해 수아 생일에 제주도 여행을 감행했습니다.

정수아 가족

2003년 4월 수아 입양 후 행복하던 우리 집에 경사가 생겼습니다. 바로 딸 쌍둥이 나라와 하늘이 임신과 출산이죠. 딸부자 아빠 엄마는 밥 안 먹어도 배가 불러요.

노래하는 우비 소년, 오왕자

몇 해 전 겨울, 영운이는 어린 나이에 참기 힘든 고관절 수술을 했습니다. 견디기 힘든 고통에도 엄마 아빠를 생각하며 잘 참고 견뎌 준 영운이… 열한 살 나이에 참기 힘든 고통이었을 텐데, 가슴 아파할 부모님을 먼저 생각하는 착한 아들입니다.
뇌병변이라는 장애가 있어 보조기 없이는 못 걸을 줄 알았는데 끊임없는 노력과 훈련으로 기적이 일어났습니다. 잘 걷지도 못하고 모든 사물을 경계하던 영운이가 가족들의 사랑을 먹고 자라 씩씩하게 뛰어다니는 모습을 보면 너무나도 사랑스럽습니다.
지금도 한쪽 눈과 왼쪽 팔은 전혀 쓰지 못하지만, 발톱이 빠져도 달리고 쓰러져도 포기하지 않고 최선을 다해 경기도 장애인 육상선수로 활약하고 있습니다. 운동하면서 건강도 좋아지고 점점 멋있어지고 있는 영운이의 꿈은 장애인 육상선수로 올림픽에 나가 메달을 따서 장애인들에게 희망을 주는 것입니다.

오영운 가족

2000년 5월 위탁아동으로 만난 영운이는 2002년 성탄절에 선물처럼 우리 가족에게 와주었답니다. 뇌병변으로 보조기 없이는 못 걸을 줄 알았던 영운이는 이제 보조기 없이도 씩씩하게 걸어서 학교에 다닙니다.

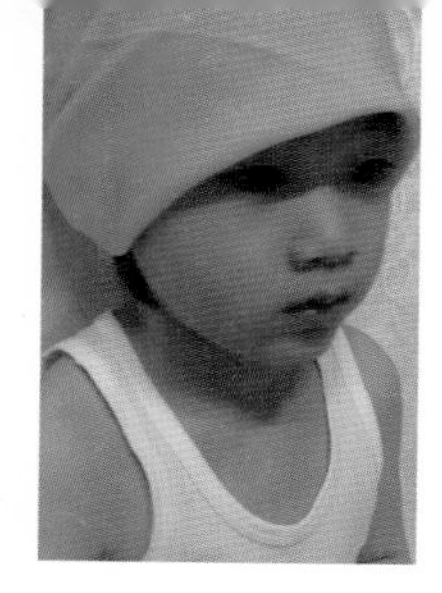

남을 배려하며 친구들을 잘 챙기는 영운이를 통해 또 다른 자녀들을 만나게 되어 행복합니다. 영운이처럼 장애를 갖고 있는 아이들입니다. 부모님이 없지만 예쁘게 자라 주고 있는 귀한 아이들. 영운이 덕분에 인연이 되어 주말이면 우리 집에 와서 우리 가족과 신나게 보내고 주일 저녁 재활관으로 돌아가곤 합니다. 작은 일이지만 영운이를 통해 사랑을 나눌 수 있음에 감사드립니다.

1퍼센트의 기적으로 많은 일을 이루시는 하나님.

비록 장애가 있을지라도 늘 밝고 씩씩한 우리 아이들.

앞으로도 우리 영운이가 건강하고 씩씩하게 학교생활 해나갈 날들을 꿈꾸며 소망합니다.

영운이는 우리 가족에게 내려 주신 선물이 아닐까 생각합니다. 그래서 오늘도 기도합니다. 이렇게 값진 선물을 주셔서 감사하다고, 영운이가 건강하게 자라서 세상의 많은 사람들에게 희망과 사랑을 전할 수 있는 사람이 되게 해달라고요.

제4회 서울특별시장배 전국장애인육상경기대회 겸
기간 : 2013. 06. 26(수)

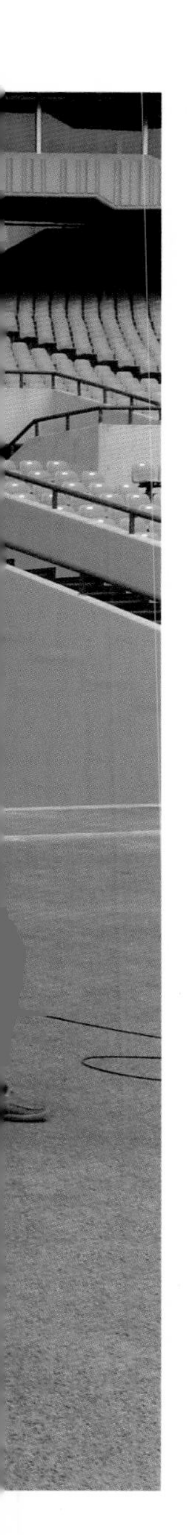

물질적으로 풍족하게 해줄 순 없지만, 가족의 사랑을 아는지 영운이는 참으로 따뜻하고 착하고 긍정적인 아이로 잘 자라 주고 있습니다. 가끔은 나이에 비해 깊은 생각으로 어른들을 놀라게 하는 영운이는 장애나 입양에 대해 항상 당당하고 씩씩한 모습을 보여 줍니다. 영운이를 통해 우리 가족은 더 힘을 모으게 되고 서로를 더 많이 생각하고 배려하게 되었습니다.

영운이가 온 후 행복과 감사가 늘 퐁퐁 솟아나고 있습니다. 앞으로도 영운이가 1퍼센트에 도전하는 모습으로 만나는 사람들에게 행복을 주는 아이가 되길 바랍니다. 사랑으로 못 할 것이 없다고 생각합니다. 더 많은 아이들이 행복한 가정에서 사랑받으며 살아갈 수 있으면 좋겠습니다.

다른 배에서 나왔지?

"난 엄마 배에서 나왔지이~?"
"아니야, 너도 다른 엄마가 낳았어. 엄마가 우리 입양했다니까!"
"아니지이? 엄마아~"
엄마에게 응원을 청하지만 엄마는 빤히 쳐다보기만…
"아냐, 난 아니야. 언니가 잘 몰라서 그래. 난 아빠가 낳았어."
"아빠가 어떻게 아기를 낳니? 니가 해마니?"
"그럼 난 오빠가 낳았다, 뭐."
"어휴, 맘대로 해라. 오빠 배 속에 어떻게 아기가 산다고…"
몇 주가 지났다.
설거지를 끝내고 소파에 앉아 막 텔레비전을 켜려는데 어디선가 갑자기 은정이가 뛰어와 엄마 무릎에 훌쩍 올라타고는 엄마 배를 꾸~욱 찌르며 "나 여기서 나온 거 아니지이?(다 안다는 듯 의기양양) 나 다른 배에서 나왔지이~ 그런데 이제 엄마 딸 됐지이?" 한다.
대답할 새도 없이 저만치 있던 윤정이가 "어, 맞어" 하며 고개를 끄덕여 준

조윤정·은정 가족

두 아들 밑으로 2002년 윤정이를, 2004년 은정이를 입양했습니다. 윤정이와 은정이는 단짝 친구 같은 자매입니다.

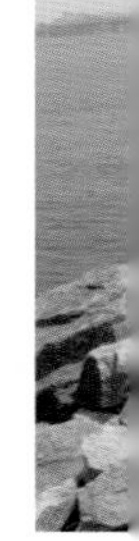

다. 은정이 애교 웃음 지으며 무릎에 매달려 엄마를 올려다본다.

"우와, 우리 은정이 잘 아네. 어떻게 알았을까? 어려운 건데."

"나도 원래 알아. 엄마가 나 입양했잖아. 언니랑 나랑."

의기양양 계속해서 내뱉는 은정이 말에 온 식구가 까무러치게 웃었다.

"해마는 아빠가 낳지?" "오빠 배에서 나오는 건 똥오줌이지?"

"우하하하, 우리 은정이 정말 다 아는구나."

아이들에게는 어느 배에서 나왔는지가 중요한 문제임에 틀림없다는 걸 확인했다. 그리고 우리 딸들은 해마도, 똥오줌도 아니란 것도 확인했다. 이제 어느 배에서 나왔는지 따지지 않아도 될 만큼 사랑해 주는 일만 남았다. 서로 사랑할 일만 남았다.

함께여서 행복합니다

이 세상에 태어나 가장 잘한 일, 너를 만난 일…

일곱 색깔 무지개

하대언·소리·신영·리라·나임·지명·권능 가족

저희 가족은 모두 11명입니다. 아빠 엄마와 9남매. 그런데 그중 일곱이 가슴으로 낳은 아이들입니다. 2002년부터 시작된 입양이 어느덧 이렇게… 맞다! 큰오빠와 큰언니가 결혼을 했으니 저희 가족은 총 13명이네요.

저는 동생이 참 많아요. 동생 사랑이와 아빠 엄마가 가슴으로 낳은 동생들…. 말씀의 대언자의 꿈을 품었으면 하는 하대언, 하나님의 소리를 외치는 사람이 되었으면 해서 하소리, 성령의 신이 늘 함께하라고 하신영, 땅 끝까지 증인이 되리라 하리라, 하나님의 나라가 임하다 하나임, 너를 지명하여 불렀나니 하지명, "오직 성령이 너희에게 임하시면 너희가 권능을 받고"(사도행전 1:8) 우리 막내 하권능.

이날은 온 가족이 눈썰매를 타러 갔답니다. 그중 저와 다섯째 신영이에요. 세상에서 가장 행복한 웃음을 짓는 신영이…. 집에 가만히 있기를 싫어하고 놀기 좋아하고 구김 없이 늘 긍정적이고 항상 밝은 아이랍니다.

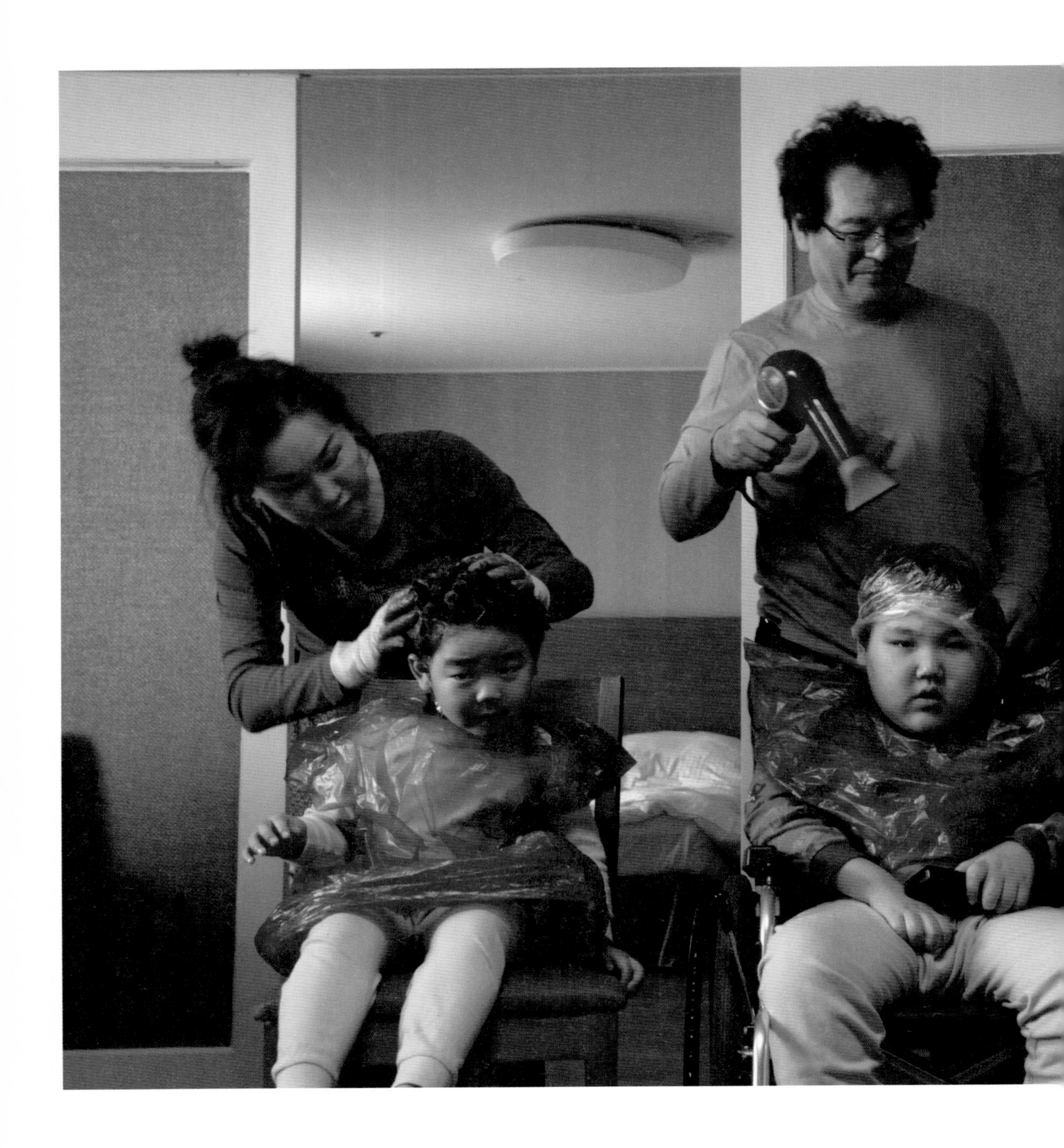

이 사진을 보고 있으면 절로 행복해집니다. 우리 신영이가 저 웃음처럼만 밝게 자라나기를 형은 항상 기도합니다.

부모님은 늘 말씀하세요. 일곱 중 하나라도 우리 집에 오지 않았다면 어떠했겠냐고…. 우리 가족은 절기마다 여행을 다니는데요, 세상 무엇과도 바꿀 수 없는 소중한 시간들입니다.
부모님께서 대언, 신영, 지명이에게 손수 파마를 해주셨어요. 못 말리는 아이들 사랑에 제가 다 질투가 날 때도 있어요.

우리 동생들 참 귀엽죠?

내 엄마가 보고 싶어~

이은빈·혜빈 가족

1995년 10월에 결혼해 2001년 8월에 은빈이를 입양했습니다. 그리고 2004년 4월에 둘째 혜빈이를 입양해서 사랑스럽고 예쁜 두 딸과 함께 행복하게 살아가고 있습니다. 불임으로 입양을 결정했지만 그 아픔 때문에 두 딸을 만나게 하셨기에 오히려 감사드립니다.

동생이 생기면서 사랑을 나눠 가진, 아니 어쩌면 빼앗겼다는 표현이 더 어울릴 수도 있는 은빈이가 안쓰럽고 또 미안하기도 해서 더 안아 주고 더 업어 주고 싶을 때가 있다. 마침 늦은 저녁 피아노 앞에 앉아 있던 은빈이가 내 등에 업히려 한다.

잠시 업고 거실을 왔다 갔다 거닐며 이런저런 얘기를 하던 중 "딸, 요즘 왜 이렇게 엄마 말을 안 들어?" 했더니, "그걸 몰라? 엄마가 내 엄마가 아니니까 그렇지. 난 내 엄마를 찾아갈 거야" 하는 게 아닌가.

'내 엄마'라는 말에 가슴이 철렁 내려앉는다.

이때까지만 해도 장난기가 많이 섞인 말투였는데 내가 혜빈이를 안고 "그래, 잘 가~ 엄마는 혜빈이랑 살게" 했더니, 돌변한 딸… 갑자기 눈물을 뚝뚝 흘린다. 당황한 나는 상황을 수습해야겠다 싶어 혜빈이를 내려놓고 은빈이를 안아 주었다.

"은빈아, 낳아 준 엄마 많이 보고 싶어? 그럼 좀 더 크면 엄마랑 함께 찾아보자."

27

“엉엉~ 이름은 알아?” “아니~”

“본 적 있어?” “아니, 없어.”

“난 그 엄마 어떻게 생겼는지 조금 알아~ 내가 태어날 때 살짝 눈 뜨고 봤는데… 단발머리인 거 같더라~”

태어난 지 28일 만에 내 가슴에 안긴 놈이 생모 머리가 단발이란다.

“이름은 모르지만 그 엄마도 은빈이 많이 보고 싶어 하면서 은빈이가 엄마랑 행복하게 지내길 바라고 있을 거야. 다음에 엄마랑 은빈이 처음 만났던 곳에 편지 써서 갖다 드리자”고 했더니 당장 갔다 오자고 한다.

그날 은빈이는 대화하는 내내 끊임없이 울고 또 울었다.

“그런데 그 엄마는 큰 실수를 한 거야~ 엄마라면 아무리 힘들고 어려워도 은빈이를 절대 포기하지 않고 키웠을 텐데 말이야.”

“내 엄마 보고 싶어… 엉엉~”

“은빈아~ 그럼 이 엄마는 엄마도 아니야? 왜 자꾸 내 엄마라고 그래. 엄마도 네 엄마니까 낳아 준 엄마 이렇게 말해야지~ 엄마가 낳아 준 엄마도 은빈이 엄마지만, 가슴으로 낳아 준 이 엄마도 은빈이 엄마라고 말했잖아~”

“엉엉~ 왜 그 말을 이제 해줘~”

“낳아 준 엄마도 엄마라는 말?”

“그래~” (이건 또 무슨 소린지… 그렇게 많이 이야기했건만…)

“엄마가 입양 얘기할 때마다 해줬는데 또 잊었어?”

"엄마, 나 엄마에게 할 말 있어."

"뭔데?"

"있잖아~" (혜빈이가 은빈이 말을 가로막으며 옆에서 자꾸 장난을 친다)

"있잖아…" (가슴이 콩닥콩닥)

"있잖아……" (혹시…)

"있잖아………"

"있잖아…………" (이 말을 열 번은 했다)

"있잖아~ 엄마. 이제까지 키워 주셔서 고마워요~"

생모에 대한 고마움도 잊은 채 그저 철저히 내 딸을 키웠을 뿐인데 딸에게 고맙다는 말을 들었다. 늦은 시간이라 샤워실로 데리고 들어가 씻기는데 이제 진정됐나 싶으면 또다시 내 엄마가 보고 싶다며 내게 안겨 운다.

"엄마는 왜 안 울어?"

"엄마는 은빈이가 힘들어하는 게 마음 아프지만 은빈이가 없는 것도 아니고 이렇게 엄마 앞에 있어서 슬프지는 않아~ 그리고 은빈아, 너무 슬퍼하지 마~ 그 무엇보다 지금 현재가 중요한 거야. 엄마 아빠, 혜빈이랑 이렇게 행복하게 살고 있는 지금이 중요한 거야. 그런데 우리 딸 언제부터 그렇게 그 엄마가 많이 보고 싶었어?"

"얼마 전부터…"

"그런데 왜 얘기하지 않았어?"

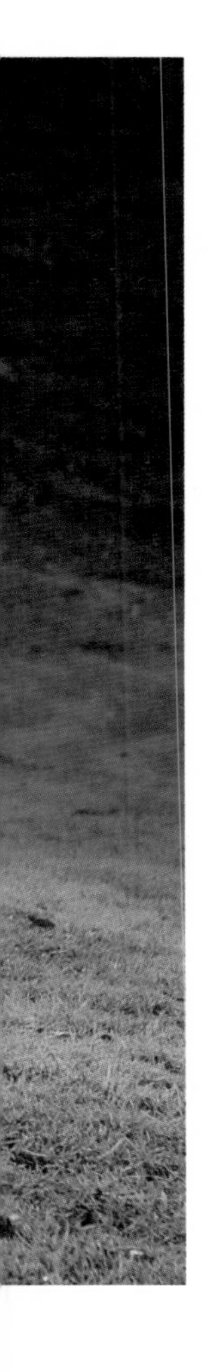

"엄마가 슬퍼할 거 같아서… (내 눈을 가리키며) 이거 봐~ 눈이 슬퍼 보이잖아."

"아빠한테 말할 거야?"

"그럼 우리 딸 중요한 얘기를 아빠에게 해야지~ 우리는 가족이니까~"

늦은 밤 혜빈이는 잠들고 은빈이는 뒤척이고 있는데, 아빠가 문 열고 들어오는 소리에 은빈이가 자리에서 벌떡 일어났다.

"빨리 아빠에게 말해. 아빠에게 말한다며~"

"은빈이가… 낳아 준 엄마가 보고 싶대. 그래서 좀 더 커서 찾아보기로 했어~"

남편은 은빈이를 안아 주며, "그렇구나~ 낳아 준 엄마 많이 보고 싶었어? 다음에 같이 찾아보자~" 한다.

잠자리에 누워 남편에게 은빈이와의 일을 얘기해 주었다. 너무 늦은 시간이라 얘기하면서도 내 감정이 어떤 것인지 나도 잘 모르겠고 좀 혼란스러웠다.

새벽기도 가려고 일어나니 몸에 기운이 쑥 빠져 있고 가슴이 아팠다. 나도 모르는 내 마음을 내 몸은 아는지…

아침에 일어나 어린이집에 가면서도 날 끌어안고 또 내 엄마가 보고 싶다는 은빈이를 다독여 보냈다. 그날 오후 어린이집에 데리러 가니 선생님 말씀이 은빈이가 열이 많이 나서 안 그래도 연락드리려 했단다.

은빈이는 그날부터 열감기로 꼬박 일주일을 앓았다.
그동안 나도 많이 준비되었다고 생각했는데, 갑작스러운 딸의 성장에 놀랐다. '가슴으로 낳는 것이 뭐냐'는 반복적인 질문도 힘들고, '낳아 준 엄마'도 아니고 '내 엄마'라는 표현도 마음을 아프게 한다.
하지만 정말 힘든 것은 아이가 얼마나 혼란스러우면 계속 확인하려 하나 싶은 것이 딸의 아픔을 이해하면서도 동일하게 느낄 수는 없다는 점이다.
나 모르게 아파하는 것은 아닌지….
은빈이가 우리의 힘으로 어쩔 수 없는 것에 너무 힘들어하지 않고 성장하면서 아픔을 느낄 때마다 잘 극복하길 기도하는 요즘이다.
"믿음은 바라는 것들의 실상이요 보이지 않는 것들의 증거니"(히브리서 11:1).
비록 나는 지금 좀 아프고 힘들지만, 결국에는 잘 극복하고 아름답게 성장할 딸을 믿음의 눈으로 바라본다.

2008
2008

하늘이 보내 준 선물, 하람이

오랫동안 아이를 바랐습니다.
긴 기다림 끝에 2013년 7월 4일, 하나님께서 저희 가정에 큰 선물을 안겨 주셨습니다. (입양특례법이 개정된 직후라 절차상 많은 어려움이 있었지요.)
신기하게도 벌써 하람(하늘이 보낸 사람)이라는 이름이 지어져 있었어요. 하늘에서 보내 준 선물 같은 하람이지만, 아이가 저희 가정에 입양될 당시 16개월이 지난 터라 저희 가정에 적응하는 데 애를 먹었답니다. "아빠, 아빠"만 하고, 엄마는 쳐다보지도 않았어요.
다행히 아빠 엄마의 꾸준한 사랑으로 이제는 자고 일어나면 엄마를 찾고, 자기 전에는 아빠 곁에 엄마가 있는 걸 꼭 확인하고 잔답니다. 덕분에 부부 금슬이 더 좋아졌어요.
교회에 가면 헌금통을 들고 아장아장 걸어 다니는 최연소 헌금위원 우리 하람이, 늘 그렇게 씩씩하게 자라 주렴.

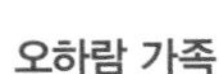

오하람 가족

어느 날 아장아장 하람이가 찾아와 우리는 가족이 되었습니다. 아빠와 엄마에게 기쁨이 되어 주는 만큼 세상에 기쁨이 되기를 소망합니다.

영원히 내 동생입니다

안희래 가족

큰딸 희랑이만 키우다가 동생을 간절히 소원하는 여덟 살 희랑이 바람대로 2013년에 희래를 입양했어요. 2013년 3월 위탁아로 왔던 희래는 그해 5월, 모두가 인정하는 우리 집 막내아들이 되었답니다.

그토록 기다리고 기다리던 동생이 생겼습니다. 다른 친구들은 동생이 있는데 나만 동생이 없어 외롭다고 부모님께 동생을 만들어 달라고 졸랐습니다. 부모님은 방법을 찾아보자고 하셨고 드디어 동생을 만났어요. "안녕 내 동생! 내가 누나란다. 누~~나라고 불러 봐." 동생은 크고 예쁜 눈으로 말똥말똥 쳐다만 봅니다. 얼마나 귀여운지 뽀뽀를 해주었습니다. 이렇게 예쁜 동생이 생겼다고 친구들에게 얼른 자랑하고 싶어졌어요. 동생을 위해 노래도 불러 주고 춤도 춰주면 동생은 까르르 웃어 줍니다. 책을 읽어 주면 기분이 좋은지 사르르 잠이 듭니다. 엄마는 동생이랑 잘 놀아 주는 제가 기특하다고 하셨지만 저는 동생이랑 노는 게 정말 즐겁고 좋아요. 어느 날 동생이 '온니'라고 불러서 깜짝 놀랐어요(누나라고 해야 하는데 꼭 언니라고 해요). 그리고 뭐든 나를 따라서 합니다. 내가 그림

을 그리면 연필을 들고 와서 종이에다 낙서를 하고, 뮤지컬 연습을 하면 옆에서 춤을 추고 막 귀여운 손짓을 합니다. 얼마나 사랑스러운지 동생을 꼬옥 안아 주었어요. 아침에 학교에 갈 때도 따라 나와서 작은 손으로 빠이빠이를 해줍니다.

동생하고 늘 좋은 일만 있는 건 아닙니다. 어느 날은 동생이 달려와서 부딪히는 바람에 내 입술에서 피가 나기도 했어요. 엄마도 마구마구 뛰어다니는 동생 때문에 헬멧 쓰고 갑옷을 입어야 할 거 같다고 했어요. 요즘은 처음보다 말도 잘 안 듣고 고집을 부리기도 하지만 그래도 내 동생은 영원히 내 동생입니다. 동생이 크면 얼마나 멋지고 씩씩해질지 너무너무 궁금해요.

–누나 희랑

어서 와~ 많이 기다렸어

백 밤, 구십구 밤, 구십팔 밤… 그렇게 거꾸로 센 지 백 일.
“엄마 한 밤 남았어요, 자고 일어나면 내일 동생 오지요?”
입양 신청 서류를 넣어 놓고 기다린 지 3개월여.
밤마다 “오늘은 몇 밤 남았어요?” 하면서 동생을 기다리는 오빠.

들뜬 목소리로 묻는 아이한테 내일도 동생은 못 온다는 말을
하기가 얼마나 미안했는지요.
그렇게 백 밤을 더 세고 드디어 예쁜 동생이 왔습니다.

집에 오자마자 방에 뉘어 놨더니 살포시 동생 옆에 누워
서로를 한참이나 바라보는 모습…
“라윤아, 어서 와. 많이 기다렸어.”
“오빠, 늦게 와서 미안해. 나도 보고 싶었어.”
하고 대화를 나누고 있는 듯 신기했답니다.

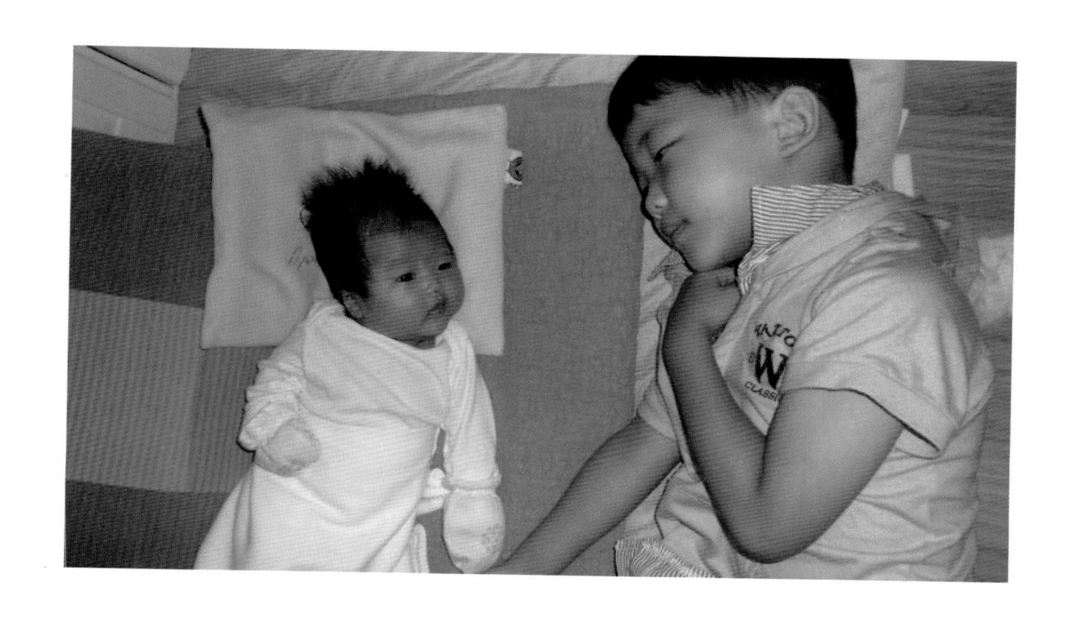

김라윤 가족

웃는 모습이 꼭 닮은 요환이와 라윤이는 다정한 남매입니다. 생후 10일 된 라윤이가 우리 집에 오기까지 기다림이 길었는데, 다른 아이가 아닌 라윤이가 우리 가족에게 찾아오려고 그랬나 봅니다.

출생할 때 아주 힘들게 나온 우리 라윤이는
머리 한쪽이 많이 부어 있었어요.
그로 인해 황달도 심했고요, 다리에 큰 점도 두 개나 있었답니다.
홀트 상담가 선생님께서 아주 조심스럽게
아이의 상태를 말씀해 주셨지만, 아무것도 들리지 않았고
아무것도 걱정스럽지 않았습니다.
점 빼주면 되지 뭐, 하면서 얼른 데려오고 싶은 마음뿐이었어요.
꽤 오래 갈 거라던 부종과 황달은 집에 온 지 3일여 만에
싹 사라졌습니다. 와야 할 곳으로 와서 그런 거 같았어요.
나중에 빼줘야겠다 했던 큰 점은 라윤이 허벅지와 함께
무럭무럭 자라고 있어요. 하지만 이 점이 우리 라윤이를
우리 가족과 연결해 준 복점 같아서 지금은 빼주지 말자 하고 있답니다.
나중에 커서 외모에 신경 쓰는 나이가 되면
빼달라고 조르겠지만요.^^

같은 옷을 입고 누워 있는 두 남매.
보기만 해도 힘이 솟고 열심히 살고 싶게 하는 나의 엔돌핀들~

smile

에너지 충전기

송지현 가족

2011년 4월 12일 벚꽃이 만개한 봄에 둘째 딸 지현이를 입양했습니다. 점점 닮아 가는 두 딸의 미소에 아빠 엄마는 힘을 얻습니다.

입양은 분명 힘들고 어려운 일입니다.

휴가도 없이 육아에 전념하다 보니 모든 에너지가 고갈되곤 합니다. 그런데 아이들이 활짝 웃는 모습에 에너지가 급속 충전됩니다. 눈코입은 닮지 않았지만 서로 닮아 가는 자매를 보면서 닮아야 가족이 아니라 서로 하나가 되어 가는 시간을 함께 보내야 가족이 된다는 것을 깨달았습니다. 나는 네가 되고, 너는 또 내가 되어 보면서 사랑하는 '가족'이 되어 갑니다.

아빠는 오늘도 두 자매를 퍼스트클래스에 태우고
최고 고도로 비행합니다.
세상에서 가장 신나고 안전한 비행기를 타고
입양이라는 커다란 산을 넘어 가족이라는 낙원으로 날아갑니다.
악천후를 만나고 험한 장애물이 가로막을지라도 사랑과 믿음이라는 튼튼한 두 날개를 활짝 펴고 행복의 나라로 날아갑니다.

딱 내가 기다리던 아기예요!

김하언 가족

2011년 4월 하언이가 우리 가족이 되었습니다. 하언이가 엄마라고 부르는 할머니, 딸 바보 아빠, 엄마인지 언니인지 헷갈리는 엄마, 그리고 세상에서 제일 신나게 놀아 주는 오빠가 한가족입니다.

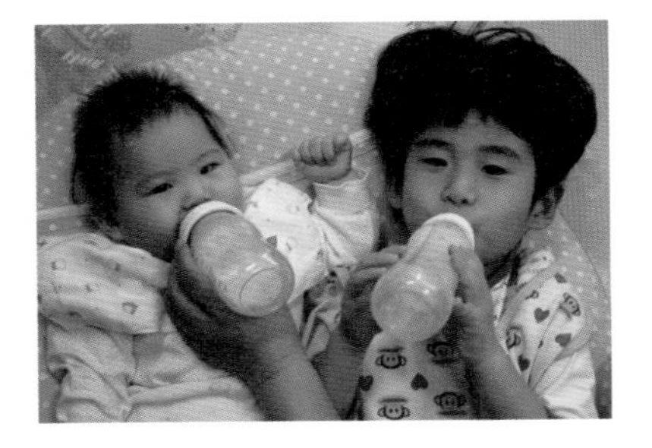

"딱 내가 기다리던 아기예요."

6개월 된 하언이를 처음 만난 자리에서 큰아이의 첫마디였습니다. 지금도 항상 "귀엽다"를 연발하며 오빠들 특유의(?) 방법으로 동생을 예뻐한답니다. 서랍장 안에 들어가서 숨바꼭질, 빨래 건조대 엎어 놓고 자동차 놀이, 싱크대에서 퐁퐁으로 목욕하기, 택배상자 타기, 소파에서 미끄럼 타기, 이불로 동굴 만들기… 하선 하언 남매의 신나는 놀이는 끝이 없습니다.

입양을 결심하고 하언이를 만나기까지 5년이 걸렸습니다. 저의 결심은 확고했지만 가족들이 어떻게 받아들일지, 내가 낳은 아이와 똑같이 사랑할 수 있을지가 늘 숙제였거든요. 하지만 모두 기우였습니다. 시아버님은 입양을 열렬히 지지해 주셨고, 하언이 할머니는 매일 하언이를 끌어안고 주

PHOTO & STORY

무십니다. 오빠는 하언이의 가장 좋은 친구가 되었고, 아빠는 딸 바보가 되어 바라만 봐도 흐뭇하다네요. 그리고 저는 제가 하언이를 낳았다고 믿으며 살아요. 너무나 사랑스러운 하언이. 날이 갈수록 잠버릇이 할머니와 똑같아지고, 어느덧 눈에 장난기가 가득해져 노는 모습이 오빠와 꼭 닮은 우리 하언이. 볼 때마다 참 감사해요. 생각만 하던 입양을 실천할 수 있도록 응원해 주고, 사랑해 주고, 믿어 주고, 기도해 준 모든 분들께도 감사의 마음을 전합니다.

좋은 부모님을 만나게 해주세요

2009년 10월 20일, 저에게 참 특별한 날입니다. 제가 해성보육원에서 보육교사로 일하기 시작한 날이자 준범이를 처음 본 날입니다. 갓 태어난 신생아를 처음 보아서 그런지 신기하기도 했고, 너무 작아서 만지자니 두려움이 앞서기도 했습니다.

우유를 주려고 품에 안자 제 가슴으로 파고드는 아이에게 왜 그렇게도 미안한지…. 따뜻한 엄마 젖을 빨고 있어야 할 시기에 딱딱한 젖병으로 우유를 먹고 있는 아가를 보며, 마음이 좋지 않았습니다. 첫 만남이 그렇게 강렬해서일까요? 그 많은 아이들 중에 유난히 준범이 생각에 마음이 찌릿찌릿하면서 눈에 밟히기 시작했습니다. 하지만 아이를 위해 제가 해줄 수 있는 것은 좋은 부모님 만나기를 기도해 주는 것밖에 없다고 생각했습니다. 제 기도로는 턱없이 부족하겠다 싶어 항상 기도 생활 하시는 부모님께 함께 기도해 달라고 부탁을 드렸습니다.

박준범 가족

2011년 2월 우리 가족이 된 준범이와의 첫 만남은 우연이 아니었습니다. 제게는 세상에서 가장 훌륭한 부모님이 이제 준범이의 든든한 아빠 엄마가 되었으니 말이지요.

그때 당시 저희 부모님은 대전에 계셨고, 전 서울에 살고 있어서 매일 어머니와 통화를 하며 준범이와 함께한 일과를 보고하듯 날마다 나눴습니다. 나중에는 어머니가 더 궁금해하며 물어보기도 하셨습니다. 부모님은 늘 잊지 않고 준범이를 위해 기도해 주셨다고 합니다. 그렇게 매일 기도하면서 정이 드셨나 봅니다.

어느 날 부모님께서 진지하게 "우리가 입양하는 건 어떻겠니?" 하시는 게 아닙니까. 순간 '덜컥' 했습니다. 현실적인 여러 문제가 순식간에 머릿속을 지나갔습니다. 자식들 다 키우고 이제는 편히 즐기셔야 할 나이에 이제 갓 돌이 지난 아이를 키우셔도 괜찮을까 하는 걱정만 맴돌았습니다.

그러다 문득… 그렇게 간절히 기도하며 원했던 아이의 좋은 부모님…. 제가 잊고 있었나 봅니다. 저를 낳아 주시고 길러 주신 훌륭한 저희 부모님, 충분한 자격이 있는데 말입니다. 그렇게 준범이는 드디어 훌륭한 부모님을 만났습니다. 그간 우여곡절도 많았지만 이제 저희 가족과 닮은 점이 많은 제 동생이 되었습니다.

동생 어디 있어요?

어느 조용한 아침, 잘 자고 있던 큰애가 잠결에 울고 있어
왜 그러냐 물으니 갑자기 동생을 찾습니다.
아기는 저기서 코~ 자고 있다고 말해 주니
말 끝나기 무섭게 벌떡 일어나 동생 옆으로 가서 눕습니다.
그러고는 동생의 두 손을 꼭 잡고서 그대로 잠이 들었습니다.

왜 그랬을까요?

아직도 궁금하기만 합니다. 두 아이의 모습을 보고 있자니
절로 웃음이 나 이 순간을 영원히 담아 두고 싶었지요.
둘이 누워 자는 모습을 가만히 보고 있다 보니
'이래서 아이들을 천사라고 하는구나' 절로 이해가 갑니다.
세상 그 무엇과도 바꿀 수 없는 소중한 두 아이를 만난 것이
제가 이 세상에 태어나 가장 잘한 일이라고 생각합니다.

현신보·예은 가족

2009년 12월 17일, 신보를 처음 만나 가족이 되었습니다. 그리고 2011년 4월 4일 예은이를 만나 더 큰 가족이 되었지요. 할머니, 아빠, 엄마, 신보, 예은… 어느덧 행복한 대가족이 되었습니다.

든든한 백그라운드가 되어 줄게!

하나님이 주신 최고의 선물, 우리 은유, 지유…
우리 은유는 엄마가 외로워하고 있을 때, 하나님께서 보내 주신 첫 번째 선물이란다. 뭐든지 처음은 신기하고 설레고 아주아주 신나거든. 은유를 키울 때 그랬어. 처음 안았을 때 쿵쾅거리던 심장, 젖병을 힘껏 빨며 우유를 먹는 너를 보며 마구 느끼던 행복, 노란 똥이 카레처럼 생겨서 신기해하던 것까지 전부 생생하게 기억해. 은유가 처음으로 "엄마" 하고 불러 줬을 때, 처음 아장아장 걸었을 때… 엄마가 얼마나 기뻤는지 아니? 지금도 엄마는 은유, 지유와 살아가는 하루하루가 매일 처음이라 신기하고 감동스러워. 엄마 결혼하는 모습도 그려 주고, 짜증내서 죄송하다고 사과할 줄도 알고, 엄마 힘들까 봐 오래 안겨 있지도 못하고 내려 달라고 하고…. 그렇게 너희가 조금씩 커가는 모습이 엄마에게는 다 처음 일어나는 일이잖아. 우리 딸들, 엄마에게 처음 겪는 행복을 안겨 줘서 고마워. 아빠 엄마도 은유와 지유의 든든한 백그라운드가 되어 줄게!
사랑한다, 우리 아가들~

송은유·지유 가족

세 살 터울 은유와 지유. 아직은 어린 이 아이들이 언제쯤 '가슴으로 낳았다'는 말을 이해할 수 있을까요? 그래도 두렵지 않습니다. 때로 힘들어 눈물이 나더라도 가족이라는 이름으로 어려움을 넘어갈 거니까요. 서로 피 한 방울 섞이지 않은 우리 네 가족, 넘어야 할 산을 만날 때마다 더 사랑하고 위로하고 기쁨이 되어 줄 겁니다.

김치! 치즈! 스마일~

유은혁 가족

2008년 7월 우리 가정에 온 은혁이는 늘 우리 집에 웃음과 활기를 불어넣는 아이입니다. 웃는 모습이 제일 예쁜 우리 은혁이가 항상 웃으면서 즐거운 추억을 함께 쌓아 나갈 수 있었으면 좋겠습니다.

저는 은혁이 작은누나 유은석입니다. 제가 고등학교 1학년 때 은혁이를 입양하게 되었는데, 은혁이 덕분에 고등학교 시절 많은 추억을 만들 수 있었습니다. 은혁이는 항상 우리 집에 웃음이 끊이지 않게 해주었고, 주말을 가족과 함께 보내게 해주었습니다. 보통 나이가 들어 갈수록 부모님과 교류가 점점 없어지는데 저희 가족은 점점 더 똘똘 뭉치게 되는 것 같습니다. 이러한 행복이 은혁이 덕분에 온 것 같아 은혁이에게 참으로 고맙습니다.

고3 때도 은혁이와 노는 날이 많았습니다. 수시 논술을 보러 서울에 올라가게 되었는데, 은혁이와 엄마랑 셋이서 논술시험 마치고 서울대공원에 가서 놀았던 것이 기억에 남습니다. 누군가에게는 가장 떨리고 긴장되는 입시 기간이 제게는 행복한 추억으로 남아 있는 건, 은혁이 덕분 아닐까요?

은혁이가 갓난아기였을 때는 심한 감기로 병원에 자주 입원하기도 하고, 미역국을 엎질러 다리에 화상을 입기도 하고, 뇌수막염에 걸려 뇌척수액 검사까지 하였습니다. 그래서 가족뿐만 아니라 주변에서도 많이들 걱정했

습니다. 하지만 지금은 주변 사람들이 놀랄 만큼 건강해져서 남들이 다 감기에 걸려도 혼자서 단 한 번의 감기 없이 겨울을 나기도 하고, 병원을 거의 가지 않을 만큼 건강해졌답니다. 몸에 근육도 많이 생겨서 근육맨이라고 자랑도 하고, 저번 여름에는 수영에 빠져서 가르쳐 주지 않아도 혼자 잠수도 하고 헤엄도 치게 되었답니다. 꿈이 뭐냐고 물어 보면 항상 "착한 사람"이라고 대답하는 내 동생 은혁이는 장난도 많이 치고 애교도 많고 배려심도 많은 아이예요. 오늘도 우리 가족은 함께여서 행복합니다. ^^

안 해보면 몰라유~

결혼 6년 만에 아이를 입양하기로 결심하고 하솜이를 입양했습니다. 입양하기 전에는 두려웠지만 막상 하고 나니 진작 할걸 하는 생각을 가장 많이 했답니다. '이 좋은 걸 왜 빨리 못했을까?' 하고요.
그러다 하솜이에게도 동생이 있으면 참 좋겠다는 욕심에 주위의 반대와 남편의 걱정을 뒤로하고 둘째 입양을 감행했지요. 그래서 금쪽같은 아들 금성이가 저희 가

족이 되었어요. 금성이를 입양하고 보니 저보다 남편이 더 좋았는지 매일 목욕까지 시켜 주고 출근을 했지요. 그런데 하솜이가 자라 입양을 알게 되면서 여동생 타령이 시작되었습니다. 처음엔 저로서는 엄두도 못 낼 일이라 들은 척도 안했는데, 어느새 저희 부부는 '진짜 셋째를 키워 볼까?' 생각해 보곤 했어요.
이번엔 남편이 셋째를 입양하자고 저를 설득했습니다. 이유인즉슨 형제가 많으면 많을수록 크면서 아이들한테 좋다는 거였습니다.

신하솜 · 금성 · 유라 가족

2007년 8월에 하솜이를 입양하고, 동생을 만들어 주고 싶어 2009년 10월에 둘째 금성이를 입양했습니다. 그리고 하솜이의 간절한 바람으로 여동생 유라를 2012년 3월에 입양해 경남 김해에서 오손도손 살고 있는 가족입니다.

어느새 아이들 사랑에 흠뻑 빠진 저희 부부는 반대하실 게 뻔한지라 양가에는 비밀로 하면서 셋째 입양 작전에 돌입해 유라까지 입양을 했습니다.
그러고 보니 사진을 찍어도 그렇고, 주민등록등본도 꽉 찬 느낌인 게 저희 가족은 원래 다섯 가족이어야만 했던 것 같습니다.
남들은 자기 자식도 키우기 힘들다고 하나밖에 안 낳는데 저희보고 대단하다고들 하십니다. 그럴 때면 그저 저희 아이들 저희가 키우는 거라고 말씀드립니다.

"얼마나 행복하고 좋은지 안 해보면 몰라유~"

해피 바이러스

이미소 가족

2007년 7월 13일, 9개월 된 아가 미소를 만났습니다. 할머니, 아빠, 엄마와 함께 살고 있는 미소네 아래층에는 외할머니가, 그 옆집엔 외삼촌네, 이모네가 살아요. 우리 미소 얼굴에 미소가 떠날 날이 없겠죠?

미소와 처음 만났을 때, 미소는 원적도 있고 개월 수도 제법 되어 한국에서는 입양을 꺼릴 만한 조건이었습니다. 하지만 저희 부부는 오히려 감사했습니다. 결혼 15년 만에 예쁜 딸을 얻었으니까요. 오랜 기다림 끝에 얻은 아이라 온 가족이 기뻐했고 행복해했습니다!

친부모, 위탁모를 거쳐 저희 부부에게 온 미소는 위탁가정에서 눈병이 걸려서 왔었어요. 아가에게는 힘든 과정이었을 터인데 보채지도 않고 참으로 순했습니다.

GERARD PHILIPE
Georges Poujouly

처음 미소 사진을 봤을 때는 전혀 닮지 않았었는데… 지금은 누가 봐도 저희 부부 딸이란 것을 알 정도로 닮았답니다. 환경에 따라 외모, 성격, 인성 등에 영향을 받는 모습을 보면서 우리 부부는 미소를 사랑 안에서 당당하게 키워야겠다고 늘 다짐합니다.
미소는 이름처럼 다른 사람을 미소 짓게 하고, 울기보다 잘 웃는답니다.

미소가 와서
미소로 인해 웃고
미소로 인해 서로 대화하고
미소로 인해 행복해하고 있습니다.
미소는 우리 가정의 '해피 바이러스'입니다!

은혜의 강에서
주님의 기쁨을 노래하다

이주희·혜강 가족

2003년 10월 딸 주희와, 2006년 3월 아들 혜강이와 가족의 연을 맺었습니다. 부부가 부모가 되면서, 세 가족이 네 가족이 되면서 그 전에는 알지 못했던 가족의 힘을 느끼며 감사가 늘어 갑니다.

결혼하면 저절로 부모가 되는 줄 알았습니다. 처음에는 조금 늦어지나 보다 했습니다. 그러다 조금 초조해졌습니다. 나중에는 불안과 절망으로 달음박질쳤습니다. 12년의 기다림 속에서 맛보았던 절망과 안타까움의 눈물은 고드름처럼 싸늘하게 우리 부부의 마음에 매달려 있었습니다. 우리 딸을 만나던 날, 마음속 고드름이 녹아 기쁨의 빗물이 되어 오랜 세월 쌓인 가슴의 응어리를 깨끗이 씻어 주었습니다. 기쁨! 우리 딸을 만난 감정을 한 단어로 압축하면 기쁨이었습니다. 주님이 주신 기쁨! 주희라는 이름은 그렇게 지어졌습니다. 꽃들이 노래하고 바람이 춤을 추는 그 기쁨을 우리 딸을 통해 누리게 되었지요.

아들을 만날 때는 우리 부부가 많이 자라 있었습니다. 이제는 우리를 적

신 빗물 정도가 아니라 그 기쁨의 빗물이 강이 되어 온 세상을 적시면 좋겠다는 생각을 하게 되었습니다. 은혜의 강! 우리 아들 이름 혜강은 그렇게 지어졌습니다.

아내와 둘이 살 때에는 두발자전거처럼 계속해서 달려야 했습니다. 잠깐이라도 멈추면 그냥 쓰러질 것 같았습니다. 딸을 만나고 난 후 세발자전거처럼 멈추어도 넘어지지 않는 안정된 가정이 되었습니다. 그리고 아들을 만나고는 자동차처럼 씽씽 달릴 수 있게 되었습니다.

오늘도 우리는 은혜의 강에서 주님의 기쁨을 노래합니다.

"세상의 모든 아이들이
가족의 품 안에서 이렇듯
밝은 얼굴로 자라날 수 있다면
더 바랄 것이 없겠지요?"

가족 꽃이 피었습니다

We are Family

2015. 5. 1. 초판 1쇄 인쇄
2015. 5. 8. 초판 1쇄 발행

지은이 입양 가족
펴낸이 정애주
국효숙 김기민 김의연 김준표 박세정 박혜민
송승호 염보미 오민택 오형탁 윤진숙 임승철
정한나 조주영 차길환 한미영

펴낸곳 주식회사 홍성사
등록번호 제1-449호 1977. 8. 1.
주소 (121-885) 서울시 마포구 양화진4길 3
전화 02) 333-5161
팩스 02) 333-5165
홈페이지 www.hsbooks.com
이메일 hsbooks@hsbooks.com
트위터 twitter.com/hongsungsa
페이스북 facebook.com/hongsungsa
양화진책방 02) 333-5163

• 잘못된 책은 바꿔 드립니다.
• 책값은 뒤표지에 있습니다.

ISBN 978-89-365-1090-9 (03810)

※이 책은 홀트아동복지회 주최 입양 가족 사진 공모전 '아름다운 행복'에 출품된 사연과 사진을 엮은 것입니다.